JN002077

聖騎士の塔

Riku Tatsuya

竜也りく

Ruby collection

Contents

キュー
聖龍様がフロアクリアの褒美にくれた使い魔。育成次第で幅広い魔法が使える。
ライア
クールだが一途な槍使い。幼馴染のカーマインへの想いを断ち切るため、聖騎士の塔へ修行に出る決意をする。
カーマイン
明るく無邪気な大剣使い。長年の冒険の相棒であるライアに去られ、その存在の大きさに気づき…？
登場人物紹介

聖騎士の塔の門番
カーマインが何度も通ううち馴染みになる。
聖龍
聖騎士の塔を作った神に近い存在。微に入り細を穿つ性格のライアを気に入っている。
エリス
カーマインが冒険仲間にスカウトした可愛らしいヒーラーの女の子。
サク(右)とロン(左)
聖騎士の塔の中で宿屋を営む姉弟。

聖騎士の塔

【ライア視点】長い長い片想い

俺の想《おも》い人は、昔から夢みがちな男だった。

「すげー冒険者になって、たっくさんの人をこの腕で守るんだ！」

子供の頃《ころ》から口癖みたいにそんな夢みたいな事を口にしては、「お前も手伝えよ！」って俺を巻き込んで。

その辺で拾った木切れをナイフで削って作った適当な剣で、毎日クタクタになるまで二人で素振りして、薬草や食べられる野草の勉強だっていっぱいした。

だけどいくら冒険者の真似事《まねごと》をしてたって、所詮《しょせん》はガキのやる事だ。

森できのこや木の実を採っている時に初めて本物の魔物に遭遇した時、俺は腰が抜けてしまって、ただただ泣いて震えてた。

絶体絶命だったその時、俺をかばうように前に立って、魔物と戦って追い払ってくれたのは他でもないカーマインだ。

真っ青な顔で、ぶるぶる震えて。でも、絶対に俺の前からどかなかった。

あの日からずっと、あいつ……カーマインは俺の親友で、ヒーローで、大切な家族だった。

底抜けに明るくて、アホなくせに頑張り屋で、夢みたいな事ばっかり言うくせに、いつの間にか本当になってる。そんなカーマインの傍《そば》でなら、なんだってできるような気がしてた。

何度か想いを伝えてみた事はあるけど、はぐらかされてばっかりで……それでも二人、冒険者として楽しくやれてたからそれでいいかって思ってたんだ。

なのに。

新しい冒険の拠点に移って三ヶ月、この町にもそろそろ慣れてきた、そんな時分だった。

宿の一階に併設された酒場で昼飯を食べながら次の討伐依頼を検討している時、急にカーマインが顔をグッと近づけて、楽しげな笑みを浮かべた。

「なぁ、ライア。昨日《きのう》ギルドで会ったエリスって子、覚えてる？」

「ああ、冒険者として登録したばかりだと言っていた……金髪のヒーラーの子だろう？」

カーマインが好きそうな子だと思ったら、案の定早速声をかけてたからな。そりゃあ覚えてる。

「あの後オレ、ちょっと話したんだよ。ホント可愛《かわい》くってさ、ちょっと褒めたくらいで頬《ほお》染めちゃって初々しいったら」

「確かに冒険者にしちゃ珍しい、大人しそうで純粋が服着て歩いてるような子に見えたな」

「ライアもそう思うだろ！　オレさぁ、ああいう子が好みなんだよなぁ。パーティーに入ってくんねぇかなぁ」

思わず真顔になる。

目の前が暗くなるような思いだった。

幼い頃、まだ孤児院にいる時からずっと二人きりでやってきたパーティーだ。

俺もカーマインも冒険者の子供で、ある日突然親が帰ってこなくなって孤児院に引き取られた。境遇が同じで孤児院に入った時期も年齢も近かったし、カーマインの天性の人懐っこさも手伝って自然とよく一緒に行動するようになった。

遺伝なのか孤児院の子供たちの中でも特別に剣の才に秀でたカーマインと、剣の腕は普通ながら魔力もほどほどにあってシスターの指導で簡単な回復魔法くらいは習得できた俺が、手っ取り早く稼げる手段として冒険者を志すのはごく自然な流れだっただろう。

冒険者カードを発行できる最低ラインの十二歳で初めて共に冒険に出たあの日から、色んな町を転々としながらもう六、七年は経《た》つだろうか。これまでずっと二人で問題なくやってくる事ができたと思ってたけど、カーマインは物足りなかったんだろうか。

「そろそろまた拠点も移したいしさ。エリスみたいな回復特化タイプがいれば安心じゃないか？エリスも入れてくれるパーティー探してるって言ってたし、あの子みたいな素直で可愛い子がいてくれたら旅も賑《にぎ》やかになってさ、さらに楽しくなるじゃん」

屈託なく笑うカーマインが、いっそ憎らしい。こんな時、俺なんてカーマインの眼中にもないんだと思い知らされる。

「そうか……そう、だな」

こんなにもカーマインが好きなのに、俺じゃカーマインの唯一にはなれないんだ。

もうかれこれ十年は片想いし続けている。

想いを告げる度にいつだって笑って流されるけど、俺が男だからダメなのか、それとも俺だからダメなのかは結局分からないままだ。どちらにしろ俺はカーマインの冒険者仲間にはなれても、それ以上にはなれないらしい。

これまでも町娘のあの娘《こ》が可愛い、娼館の誰《だれ》が好みだった、なんて話を嫌と言うほど聞かされてきたけど、それでも我慢できたのはそれが町の女たちだったからだ。一歩町を出れば討伐の間はカーマインを独り占めできたし、拠点を移せば女たちとの縁も切れる。

だが、ついにこの日が来てしまった。

好きならできる限り時間を共にしたいと思うのなんて当たり前だ。

カーマインがいつか冒険者仲間に安らぎを見つける日が来るのを恐れてはいたが……それが思っていたよりも早かっただけだ。

好きな人が目の前で他の人と愛を育む様を笑顔で見ていられる自信なんかこれっぽっちもない。そんな日が来たら潔く身を引き、カーマインの前からも姿を消そう……そう漠然と考えていた事が、現実になろうとしている。

来るべき日が来たのだと、俺は痛む胸をそっとおさえた。

「……」

込み上げてくる苦しさをいなしていたら、ふと、脳裏に荘厳な塔の姿が思い浮《おぼ》かんだ。

……いや、そのタイミングがこの町で来たってのも、もしかしたら神様の思し召しというヤツなのかも知れない。

「……そうだな。確かに、剣士とヒーラーは組み合わせとして抜群だ。彼女が他のパーティーに決めてしまう前に、誘ってきた方がいい」

「やった！　ライアならそう言ってくれると思ってたぜ！」

一気にエールをあおって、カーマインは勢いよく席を立つ。

目がキラキラしてて、すごく嬉《うれ》しそうだ。

この素直な感情表現が好きだった。元気のいい子犬みたいで、興味のある事にはどんどん首をつっこんで、よく泣くけどよく笑う。ここ何日かで一番の笑顔が他の人の事だっていうのは少し寂しいけど、でも最後にこの顔を見る事ができて本当に良かった。

カーマインのツンツンした真《ま》っ赤《か》なくせっ毛も、情熱的な真っ赤な瞳《ひとみ》も、健康的な浅黒い肌も、笑った時に見える真っ白な歯も、全部好きだった。

そのひとつひとつのパーツも、くるくる変わる表情も、しっかりと目に焼き付けておこう。

胸のじくじくとした痛みは見せず、俺はカーマインに笑って見せた。

「うまくいくといいな」

「おう！　祈っててくれ」

「頑張れよ」

苦笑しつつ立ち上がり、自分の槍《やり》を手に取る。金をテーブルに置いてから、もう走り出そうとしているカーマインに声をかけた。

「彼女にも質の良い防具が要るだろ。アッガスの店で待ってる」

「分かった！」

待ちきれない様子で走り出すカーマインを見送って、そのまま飲み屋の二階に上がる。この三ヶ月俺たちが根城にしていた部屋で身支度をして落ち着いた俺は、少しだけ考えてカーマインに宛てて手紙を書いた。

俺は口下手《くちべた》だから、言葉だけではうまく伝えられないかも知れない。カーマインが俺の事を気にせずに、先に進めるように。大切な人と幸せに笑って過ごせるように。

願いを込めて俺にしてはかなり長文の手紙をしたためテーブルの上に置いて、守護石を重石《おもし》がわりに置いてみる。

この守護石は、俺たちが苦労して苦労して探し当てた隠し通路の先で得た戦利品のひとつで、俺たちにとっては特別な品だ。全属性の加護がついていて、パーティーを守ってくれるという、二人の宝物だった。

これからも、カーマインと彼の大切な人を守って欲しい。

守護石にそんな願いを込めてから、俺たちの全財産を握りしめて質の良い武器と防具を幅広く取り揃《そろ》えているアッガスの店に向かった。

宿はあとひと月は泊まれるだけの支払いを済ませてあるし、それなりに蓄えもある。これまで俺の装備はいつだって後回しにしてきたから、最後にきちんとした槍を買わせて貰《もら》おう。後はカーマインが好きに使ってくれたらいい。

アッガスの店でそろそろ買い替え時だった槍を見繕っていたら、先端が刃《やいば》になっているソードスピアを見つけた。

刺突だけでは限界があると思っていたところだ、ちょうどいい。ついでに使い勝手の良さそうな小ぶりなナイフも買った。これくらいの装備はさすがに必要だろう。

支払いを終えてソードスピアとナイフを装備したところで、勢いよく店の扉が開く。

「ライア！　エリス、仲間になってくれるって！」

振り返ったら輝くような笑顔のカーマインがいた。その後ろに隠れるように、恥ずかしそうに微《ほほ》笑《え》んでいるエリスが見える。見るからに可憐《かれん》で、体も心も柔らかそうな少女だ。

「そうか、良かった。カーマイン、これ」

金の入った袋をカーマインに渡す。なかなかにずっしりと重い、俺たちのパーティーが蓄えてきた全財産。貯《た》めておいて良かった。

「え？　金？」

「ああ。エリスの防具を揃えてやった方がいいだろう。使うといい」

「いいのか⁉」

「もちろんだ。装備は命を分ける、ケチるなよ。宿代もあとひと月分は払ってある。よほど無駄遣いしなければその後の生活もしばらくは困らない筈《はず》だ」

「あ、あの！　私まだ一度も戦闘に加わっていないのに、そんな……買っていただくわけには」

慌てたようにエリスは言うけれど、見たところ彼女の装備は町人レベルだ。そもそも金がある冒険者なら、初心者だとしてももう少しマシな装備を身につけているだろう。

「君の防御力がペラペラに薄い紙レベルだとカーマインが戦闘に集中できない。パーティーは総合力だからな、気にする事はない。君の防具は最重要だよ」

そうして俺は冗談めかしてカーマインの肩を軽く小突いた。

「心配しなくてもカーマインは君に結構いい防具を買ってやれるだけの甲斐性《かいしょう》はある男だ。ちゃんと選んで、身を守れて動きやすいものを買ってくれ」

「あ……ありがとうございます！」

感動したような顔で思いっきり頭を下げてから、エリスはローブが並ぶコーナーへと駆けていった。素直ないい子だ、さすがカーマインが気に入るだけはある。

早速真剣な表情で防具を選び始めたエリスを眺めながら、俺は隣に立つカーマインに囁《ささや》いた。

「エリスはまだ駆け出しなんだろう？　しばらくは経験を積ませるためにエリスとお前、二人でダンジョンの三層くらいまでをメインに日帰りで動いた方がいいかもな」

どこの町の近くにも、初心者が潜れるようなダンジョンがあるもんだが、ここのダンジョンは結構デカくて、地下三層くらいまでなら初心者でも問題なく進める。

だが、それより深くなると一層ごとに敵の強さは格段に増していく。中堅から上級者まで幅広く挑める代わりに、判断を誤ると一気に死が近づくような、そんな怖さがある場所だった。

「二人で？　なんで？」

「カーマインが守ってやれば、彼女からも頼りにされるんじゃないか？」

「そりゃそうかも知れねぇけど、でもライアは？」

キョトンとするカーマイン。もっと喜んでくれると思ったが、やっぱり初心者と二人では少し不安なんだろうか。でも、俺ももう気持ちを変えるつもりはない。

「俺は『聖騎士の塔』に挑むつもりだ」

「聖騎士の塔って、この町にある？」

「そうだ。いつか挑もうと思ってたんだ」

俺は剣も槍も魔法も使えるが、ある意味器用貧乏だ。

低レベルのうちこそ中衛として重宝がられるが、剣や槍の腕もそこそこ、回復魔術もごく低レベルのものしか展開できない。だから俺は漠然と将来に不安を感じていた。

剣士であるカーマインと二人でやっていくにしても、カーマインと離れてソロでやっていくにしても、このままではいずれ戦力として不足を感じるようになるだろう。

もっとレベルの高い依頼に対応するには、どのみち回復や攻撃系の魔法をもっと高めていく必要があると思っていた。

ただ、残念ながらどの属性にも中級、上級を覚えられるほどの適性がない。そんな時、適性に関係なく学べる魔法があると聞いた。それが聖属性の魔法だった。

こんな中途半端な俺でも、聖魔法ならば覚えられる。

聖魔法は回復から補助魔法、上級になれば強力で広範囲に使える攻撃魔法まで展開できるバランスのいい属性だ。

一部の聖職者しか使えないその魔法を使えるようになれれば、俺みたいなハンパ者でも一人でそれなりの戦果が挙げられるようになるだろう。

それがなんと、この町にある『聖騎士の塔』の最上階に辿《たど》り着けた者は、聖龍から直々に聖属性の魔法を授けて貰えるのだという。

しかも中級の魔物を蹴散《けち》らせるほどの腕がある冒険者なら、一週間程度でも簡単な聖魔法を教えて貰える事があるらしい。

ありがたい話だが、無論難易度が高い魔法になればなるほど教えて貰うための条件が厳しくて時間もかかるらしい。塔の中はダンジョンのようになっていて、魔物も出ればトラップも豊富にあるそうで、戻ってこない冒険者も多いと聞く。

最上級の攻撃魔法、ホーリーを会得すれば『聖騎士』の称号が与えられるというけれど、塔ができて数百年、未《いま》だ数人しかその称号を得た者はいない。これは『聖騎士の塔』の門番に聞いたから、たぶん正しい情報だろう。

パーティーだったら足かせになるだろう条件でも、一人になってしまえばどうでもいい事だ。俺一人なら、命も時間も惜しくはない。

じっくりと腰を据えて一階ずつ丁寧に登っていけば、レベルも上がるだろうし高位の聖魔法を教えて貰える可能性だって出てくるに違いない。

いつかカーマインと離れてソロになったら、この塔に挑もうと思っていた。

「この塔の最上階まで登れば、聖龍様から聖属性の魔法を授けて貰えるらしいんだ。俺は聖騎士を目指したい」

「へぇ、聖騎士か。カッコいいな。でもそれなら皆でチャレンジすればいいじゃないか」

「いや、一度入るとそう簡単には出られなくなるらしい。いつまでかかるか……何年かかるかも分からない」

「年!? 長っ」

「ああ。だから、待たなくていい。俺は今日でパーティーを抜ける」

「は!?」

「エリスなら無茶してケガしがちなお前を癒《いや》しながら旅ができるだろう。……仲良くな」

「いや、待てよ！　ぬ、抜けるってお前……！　急に何勝手な事言ってんだよ」

カーマインは分かりやすく狼狽《ろうばい》しているが、それは想定内だ。

「悪いな、今まで言えなかったけど、いつかはお前から離れようと思っていたんだ。ヒーラーが仲間になってくれるなら俺も安心して離れられる」

「離れるって……な、なんで……！　オレ、なんかお前に嫌な事したか？」

カーマインはショックを受けた様子だが、完全に俺の都合だ。

カーマインには事情を話すべきだが、大きな声で言う事でもない。俺はカーマインにだけ聞こえるように、そっと顔を近づけて囁いた。

「別にカーマインは悪くない。何度か言った事があっただろう？　ずっとお前が好きだった。お前の事をキッパリ諦《あきら》めるにはちょうどいい機会なんだよ」

「そ、それとこれとは……！」

途端に気まずそうな顔になるカーマイン。俺が気持ちを吐露すると、カーマインはいつだって気まずそうだった。でも、もうこの顔も見納めだ。

「カーマインさーん、ライアさん！」

その時、エリスが俺たちを呼ぶ声が聞こえてきた。

カーマイン越しに店内を見たら、ローブが置かれているあたりでエリスが手を振っているのが見える。愛らしい笑顔だ。きっとカーマインには彼女のような子が似合いなんだろう。

「カーマイン、エリスが呼んでる」

俺は微笑んで店内を親指で軽く指す。

「いい防具があったんじゃないか？　行って、アドバイスしてやった方がいい」

「……っ」

何か言いたげな顔をして、けれど諦めたようにため息をついたカーマインは、エリスの方へと足を向けた。

「行ってくる。どのみちこんなとこで話す事じゃないだろ。宿に戻ってからゆっくり話そうぜ」

見慣れたその背中が、真っ赤《まっか》な髪が、うなじが、遠のいていく。

剣士のカーマインはいつも先頭に立ち、魔法と槍を操る俺はその少し右後ろっていうのがいつものポジショニングだった。もうそこに立つ事はないだろう。

遠くに見えるその背に、俺は小さく呟《つぶや》く。

「じゃあな、幸せに」

もう二度と会わない。

エリスでも誰《だれ》でもいい、俺から見えないところで可愛《かわい》らしい女と共に、幸せに楽しく暮らしてくれればそれでいい。

勝手に別れを告げて店を出る。

俺はその足で『聖騎士の塔』へと向かった。

本当にどれくらいかかるかなんて分からないけど、一人で戦いに明け暮れてりゃ、聖騎士になる頃《ころ》には、俺のこの報われない想《おも》いもきちんと昇華している事だろう。

【カーマイン視点】真っ暗な部屋

「エリス、可愛《かわい》かったな……」

質の良い防具が買えて、エリスはすごく喜んでた。何度も何度もお礼を言って、大切そうに買った防具を両腕に抱く仕草は本当に健気《けなげ》で、抱きしめたくなったくらいだ。

パーティーの金はライアがしっかり管理してくれてたから、エリスの防具を買っても全然問題ないくらい余裕がある。嬉《うれ》しそうな笑顔のエリスと明日の待ち合わせをしてから、ホクホク顔で別れたオレは、宿に近づくにつれ気が重くなってきた。

さっき見たばっかりの、ライアの感情の読めない笑顔が思い出される。

なんなんだ、急に。

聖騎士になるとかパーティーを抜けるとか、バカな事言い出して。

エリスを仲間にするって言ったのがそんなに嫌だったなら、そう言ってくれたら良かったんだ。早く誘った方がいいって言うから速攻で話をつけてきたのに、後になってあんな事言うなんて。

悔しくなってきて、足元にあった小石を腹立ち紛れに蹴《け》っ飛《と》ばす。

やっぱり、ライアと腹を割って話さないとダメだよな。

そりゃアイツから何回か好きだって言われた事はあったけど……毎日同じ部屋で寝泊まりしてても妙な雰囲気になる事もなけりゃ、女や娼館の話をしても眉毛《まゆげ》ひとつ動かしゃしねぇ。

さっきのエリスの事だって、反対するどころかむしろ積極的に仲間に入れようとしてたじゃねぇか。早く行ってこいって急《せ》かしたくせに。

正直、本気になんてできなかった。

アイツと寝れるかっつったら分からねぇ。女に感じるような可愛い、守りたい、抱きたいって気持ちがアイツに起こるかっていうとそんなワケじゃねぇから、たぶんオレはアイツをそんな風に見る事なんてできないんだと思う。

ライアだってそれが分かってるから、あえて押して来なかったのかも知れねぇけど。

だからってあんな風に急に、待たなくていい、パーティーを抜けるとか言い出すなんて想像もしてなかった。

冗談だよな？　だって一緒にたくさんの人を守ろうって約束したじゃねぇか。

ほんのガキの頃からずっと一緒だった。アイツがいない旅なんて想像もできない。

気が重いけど、ちゃんと説得して仲直りしたい。聖騎士の塔の事はよく知らねぇけど、そんなに挑みたいならちゃんと待つし、どれだけ時間がかかるか分かんねぇって言ってたけど、なんなら一緒に登ったたっていい。

エリスの事だって……そんなに嫌ならエリスに謝って、パーティーの話は白紙に戻す事だってできるんだから。

扉の前でドアノブを見つめながらちょっとだけ間をおく。

「ライア？」

気まずくて、いつになく声をかけながら宿のオレらの部屋の扉を開けた。なのに部屋は真っ暗で、違和感を覚えつつオレは部屋へと足を踏み入れる。

部屋の中はシンと静まりかえっていて、居心地《いごこち》の悪さを感じさせた。

「ライア？　まだ戻ってねぇのかな」

寝てるのかと思って灯《あか》りをつけてみたけどやっぱりいない。ベッドにも風呂《ふろ》にもトイレにもいない。下の酒場にも居なかったと思うけど、どっか別の場所で飲んでんのかな。

探しに行くべきか、ここで待ってた方がいいのか……そんな事を考えつつ水差しとコップを手に、テーブルのとこまで戻ってきた時だ。

テーブルの上に、ちょこんと置かれてる守護石と数枚の紙切れに気がついた。

「アイツにしちゃ不用心だな」

守護石は全属性の加護がついてるだけに、売れば結構な額になる。オレらの宝物だって言って、いつだって大切に持ち歩いてたのに、らしくねぇな。

いぶかしみながら守護石に手をかけた時、紙切れに『カーマインへ』と書かれた無骨な文字が見えて、オレの手はそのまま動かなくなった。

……手紙？

一瞬、嫌な予感が過《よぎ》ってオレはゆっくりとその紙を持ちあげる。文字を目で追って、オレは呻《うめ》いた。そこには、一方的な決別の言葉が綴《つづ》られていたからだ。

カーマインへ

勝手な事をしてごめん。

お前がこの手紙を読む頃には、俺はもう塔に入っていると思う。お前にうまく話せているだろう自信がないから、この手紙を書いている。

お前はまっすぐなヤツだから、俺の真意が分からないままだと、それが気になって先に進めないかも知れない。それを回避するためにできるだけ丁寧に書くつもりだが、俺が言いたいのは結局、これだけだ。

俺がパーティーを抜けるのは俺に問題があるだけで、お前には何の非もない。

今後お前と行動を共にする事はないだろう。けれど、お前の幸せを誰よりも願っている。

すごい冒険者になって、たくさんの人を俺たちの腕で守る。離れていてもお前と交わしたその誓いだけは俺の生涯をかけて守るよ。それだけは信じて欲しい。

そこまで読んで、オレはテーブルを思いっきりぶっ叩《たた》いた。

「なんだよそれ。もう塔に入ったって……今後お前と行動を共にする事はないだろう、って……ふざけんじゃねぇよ、勝手に決めんなっつうの」

手の中で、ぐしゃっと紙が音を立てる。

こっちに何の相談もなく、一人で勝手に考えて自己完結してるのが無性に腹が立つ。

怒りでつい握りつぶしてしまった紙を無言で平らにならしてポケットに押し込んでから、オレは大剣を担いで外に出る。そのまま全速力で走って『聖騎士の塔』に急いだ。

塔に入っちまったたってんなら、追っかければいいだけだ。

ライアは一度入ったら簡単には出られないみたいな事言ってたけど、まだ入り口付近なら出てこれないって事もないだろ。ふん捕まえて引《ひ》き摺《ず》り出してやる。文句のひとつやふたつ、言ってやらねぇと気がすまねぇ。


そう勢いこんで『聖騎士の塔』に向かった翌日。

オレは宿屋の下の酒場で思いっきりエールをあおっていた。

ムカつく。ホントにムカつく。

昨日《きのう》あの後『聖騎士の塔』に到着したオレは、塔の門の前で愕然《がくぜん》とした。

『時間外につき閉門中。開門は明けの鐘から宵の鐘まで』

人をバカにしてるのかって文言が書かれた紙切れが門に貼り付けられている。

塔ったってダンジョンだろう？　入れる時間が決められてるなんてあるのかよ……！

知ったこっちゃねぇと思って門の扉を叩いたり、揺すったりしてみたけれど、扉はピクリとも動かない。単に重たい扉ってワケじゃない、魔法で封印されてるんだとはっきり分かった。

手も足も出なかったオレは、もちろん門が開く時間を待って再度塔へ向かったけど、今度は門番にあっさり追い返されてしまった。なんでもある程度の魔力がねぇと、この塔に入る事すら許されねぇらしい。

まさか、追いかける事さえできないとは思わなかった。

呆然《ぼうぜん》としたままギルドに行って、エリスと一緒に近くのダンジョンに潜って一層で軽く討伐体験をさせてそのまま別れて。宿屋に戻ってみたものの誰《だれ》もいない静かすぎる空間に耐えきれなくなって、酒場で酒をあおっているのがイマココだ。

最悪だ。

ライアのせいで気が散りすぎて、エリスと何を話したのかもあんまり覚えてない。

初心者だから仕方ないけど、何もかも危なっかしくてとても頼りにはできなそうだという事くらいしか分からなかった。

どっちにしろライアがパーティーに戻ってくれない事には、拠点を変えるために町を離れる事すら難しいんじゃないかと思う。

「どうすりゃいいって言うんだよ」

何にも分からない。

せっかく朝『聖騎士の塔』まで行ったのに、入れないって事に驚きすぎて、門番のおっちゃんたちに何も聞いておかなかったオレがバカだった。

明日もう一回、改めて塔まで行こう。

それで、『聖騎士の塔』が何なのか、聖騎士になるのにいったいどれくらいの期間がかかるのか、ちゃんと情報を得るんだ。

そんな決意で明けの鐘と共に『聖騎士の塔』前に立ったオレに、門番のおっちゃんたちは明らかに面倒くせぇなぁ、って顔をした。

「おいおい、また来たのかぁ？　昨日も言っただろ、お前じゃこの塔には入れねぇよ」

ひげ面の門番のおっちゃんが、顔を顰《しか》めてしっしっと手で追い払うマネをする。でももちろん今日はそんなんで引き下がるワケにはいかねぇから。

「いや、違くてさ、今日は塔の事を聞きたくて来たんだ。たぶんおとといオレの相棒がこの塔に入ったと思うんだけど。銀髪を後ろで一括《ひとくく》りにしてる……オレよかちょっと背の高い……槍《やり》を装備したヤツなんだけど」

「あー、あのシュッとした兄ちゃんな、見た見た」

門番のおっちゃんたちはすぐに思い出してくれたようだ。だよな、絶対覚えてる筈《はず》だと思った。

ライアは眉目秀麗《びもくしゅうれい》って言葉がよく似合うような綺麗《きれい》な顔をしてる。

アイツは気にもとめちゃいないみたいだけど、女の子からの熱い視線を受ける事もしょっちゅうだ。正直言って羨《うらや》ましい。

銀の髪に少し温かみのある緑色の目は、あんまり他では見た事ない配色で、アイツの綺麗な顔と相俟《あいま》ってそうそう忘れられたりしないと思うんだ。

アイツが目立つ顔で良かった。それにしても、やっぱりもう塔の中にいるんだな。

居場所が分かってホッとしたような、でもすぐには会えないのが確定してもどかしいような、微妙な気持ちになった。

「はいはい、あの色白のイケメンな。アイツが聖騎士になったらいかにもって感じだろうがなぁ。ま、顔で決まるわけじゃねえからなぁ」

「いや、強さは大した事なかったが、案外ああいうのがいいとこいくと思うね。時間はたっぷりあるっつってたから、粘るかも知れねぇ」

「あのさ」

「悪いが、塔に挑みたい」

ライアの話題で盛り上がり始める門番のおっちゃんたちに、用意していた質問を投げかけようとした瞬間、後ろから太い声が響いた。

振り返ってみたら手練《てだ》れの匂《にお》いをプンプンさせた五人組のパーティーがいる。

「悪《わ》りぃな、ちょっと待ってな」

オレの頭をポンと叩いてから、門番のおっちゃんたちが五人組の方へと視線を移す。この後交わされた問答で、思いがけずオレは『聖騎士の塔』のルールをざっくり知る事になったのだった。

「うーん、ちょっと待ってくれよ。……この塔に入れるのはアンタとアンタ、……それとそこの魔剣士、アンタもギリギリOKだ」

「他はダメだな。入れねぇ、帰ってくれ」

「なっ……」

当然、入れないと弾《はじ》かれた二人が鼻白む。

うんうん、気持ちは分かる。オレもそうだった。

「この塔はちょっと特殊でな、一定レベルの魔力があるヤツしか入れねぇんだよ。どうする？　やめとくか？」

じっくりと五人組を眺めた門番のおっちゃんたちがくだした裁定に、リーダーらしき男が何か言おうとするのに被《かぶ》せて、おっちゃんその二がからかうように言う。

「ちなみにこの塔に入れるのは一生に一回きりだ。俺たちも詳しい事は分からねぇが、個人の魔力が登録されるんだとさ。おんなじヤツが来たら塔から吐き出されるらしいぜ」

「聖龍様に近づくにつれ魔物も強くなる。上階にゃAランクの魔物もゴロゴロいるらしいから、腕に自信がないなら今はやめときな。結局途中で諦《あきら》めて出てくるヤツも多いが、そうなると二度とチャレンジできねぇからな」

「だなぁ、塔から帰ってこねぇヤツも多いぜ。聖魔法を教えて貰《もら》えたヤツより、死んだヤツの方が多いかもなぁ」

「危険はもとより承知だが……」

五人組のリーダーは苦虫を噛《か》んだような顔で唸《うな》る。

「中衛、後衛の三人しか入れねぇってのが辛《つら》いな」

「待ってるのも暇だしなぁ」

「あのっ、最短で攻略にどれくらいの期間がかかるのでしょうか」

諦める事になりそうな気配を察したのか、魔術師っぽい女が門番のおっちゃんたちに詰め寄る。できれば挑戦したい、という顔だ。

「なんか有名な冒険者だって自分で言ってた男が、たしか一週間で出てきたんじゃないか？」

「でもクソみてぇな聖魔法しか覚えてなかったぞ、アイツ」

「別にいいじゃねぇか、喜んでたんだし。聖龍様に会った、直《じか》に聖魔法を学んだっていうステータスが欲しかったんだろ」

また雑談モードに入った門番のおっちゃんたちを余所《よそ》に、五人組はヒソヒソと作戦会議だ。その隙に、オレはおっちゃんその二の肩をちょいちょいとつついた。

「なぁなぁ、短くて一週間なら長くてどれくらいなんだ？」

「さぁ、でも一年や二年出てこない、なんてこともザラにあるけどな」

「二年も!?　ダンジョンに籠《こも》りっきり!?」

「最長は五年だったか」

「あー、あのペアで入ってたヤツらか。アイツらはとっくに死んだと思ってたよなぁ」

またもや思い出話に花を咲かせている門番のおっちゃんたち。オレは聞いた内容のあまりの衝撃に、ふらふらと覚束《おぼつか》ない足取りでその場を離れた。

二年とか五年とか……嘘《うそ》だろ⁉

一週間はさすがに無理かも知れないけど、せめて一ヶ月くらいにして欲しい。ライアが言ってた何年かかるか分からないって言葉が、強大な存在感を持ってオレの前に立ちはだかる。

せっかちで思いついたら即行動のオレと違って、ライアは元々が慎重派だ。二年、五年コースも充分にあり得る。

ていうかアイツ、自分はソロになったと思ってるだろうから、たぶん『聖騎士の塔』の隅から隅まで丹念に探索しようって思ってるよな……。

丁寧に丁寧に、何もないのが目視できるダンジョンの脇道でさえ奥まで行って確かめようとするヤツだ。五年コースあり得る。めっちゃあり得る。

「五年かー……長いな」

心の声がつい口から出た。耳から入ってきた「五年」が地味に重い。それでもライアと決別しようっていう気にはどうしてもなれなかった。

しかも追いかけても行けないんだよなぁ……。

「待つしか、ないかぁ……」

五年は長い。待ってる間、この町で俺に何ができるんだろう。

＊＊＊

どんなに落ち込んでいてもやるべき事ってのはあるもんだ。

俺はふらつく足取りのままギルドに向かい、エリスと合流してダンジョンへと潜った。

でも、一歩ダンジョンに入れば、そこは死と隣り合わせの世界だ。

何があってもダンジョンに入れば平常心。

これまでライアとそう言い合って何度も命を拾ってきた。ライアも今頃《いまごろ》、その心持ちで『聖騎士の塔』で一人、槍を振るってるんだろう。

ひとつ、深呼吸をする。

落ち着け、平常心だ。

ふらついてた足もようやく自分の足としての感覚が戻ってきた。

「エリス、大丈夫か？」

「はい！」

やっとエリスを気遣えるだけの心の余裕も出てきたかも知れない。

ヒーラーは補助と回復特化の専門職だ。自らが魔物と相対する事はほぼない。俺が魔物と戦うのを後ろで見ているだけでも昨日《きのう》は真っ青になってたから、エリスは本当に初めてダンジョンに潜ったんだと思う。

うん、でも、昨日よりは目がしっかりしてる気がするな。

そうこうしてるうちに魔物とエンカウントしたけど、戦闘が終わってもエリスは昨日ほど青ざめる事も震える事も無くなっていた。

　ふと、ライアの手紙に書かれてた事を思い出す。


………………………………………………………………


俺たちも最初に魔物と出くわした時は全力で逃げたよな。

追いつかれて、俺が腰が抜けて動けなくなった時、お前が泣きながらかばってくれた。

エリスも最初は頼りないかも知れない。

だけど、あの日の俺たちを思い出して、長い目で見てやるといい。


………………………………………………………………


　エリスの心配までしてるのにビックリしたけど、ライアの言う通りだ。これなら冒険者としてやっていけるようになるだろう。

　そういえばエリスとは、色んな町を見てみたいってとこで意気投合したんだった。あの時はしばらくしたらこの町を離れるつもりだったけど、俺はライアが戻るまでこの町を離れないって事だけは譲れなくなってしまった。

　事情を説明して、エリスとも今後の事を話し合うべきだよな。

【ライア視点】聖騎士の塔

なんとも不思議な塔だった。

まず、見た目とは広さが全然違う。

外から見た時は家四軒分くらいの敷地に立つ、何階建てかは見当がつかないほど細長い塔で、門番の人たちが何ヶ月、何年もかかる冒険者も多いと言った意味が今ひとつ分からなかった。けれど、いざ入ってみると本当に広くて複雑で、いかにも迷宮、という造りになっている。

迷わないようにとマッピングしながら歩いているが、少なくともこの町が縦に三つ程度は並べられるくらいに広大だ。たぶん、この塔の主である聖龍の力で、塔の入り口とこのダンジョンを繋《つな》げてあるんだろう。

石造りで適度にたいまつが灯《とも》してあるのはありがたい。まだ一階だからかも知れないが魔物はさほど強くなく、食用にできるものが多い。死体や血糊《ちのり》の跡もない清潔さも一種異様だ。

各所に置かれた宝箱には一階らしく大したものが入っていなかったり、空だったりする。今のところ宝箱にはトラップがないが、上階に行けば行くほどその危険は増すだろう。

「また階段だ」

やたら広いせいか、三つめの階段に出くわした。割と入ってすぐのところとマップの真ん中あたりと、ここ。まだあるのかな。そこそこ実力があって先を急ぐパーティーなら、最初の階段でどんどん上の階に行くんだろう。

カーマインが一緒だったら、たぶん俺たちもひとつめかふたつめの階段で上階に移動したと思う。あいつはせっかちだからな、とつい口元が緩む。

一人になったんだ、俺らしく愚直に全《すべ》てを見ていこう。そう思って俺は三つめの階段も迂回《うかい》した。まだ先がある。

一見何もなさそうな脇道も、ちゃんと突き当たりまで行って隠し扉や仕掛けがないかをチェックする。今のところ特に収穫はないが、まぁ、自分の探究心は満たされるからそれでいい。

そんな風に細かい脇道までいちいち丁寧に潰《つぶ》していくものだから、まだ一階にいるというのに塔に入ってからたぶん一週間は経《た》っただろう。

昼夜が分からないから、どうしても時間の感覚は鈍る。

カーマインはエリスとうまくやっていけているだろうか。余計なお世話かも知れないとは思いながらも一応助言は書いておいたから、少しは助けになるといい。

もはや確かめるすべもない事をつい考えてしまう自分に苦笑が漏れる。

大丈夫。カーマインは俺なんかよりずっと人とのコミュニケーションに長《た》けている。心配など要らないだろう。

夕飯にちょうどいい小ぶりなボアを仕留めて血抜きしてから肩に担ぐ。もう少ししたら夕飯を食って今日は終わりにしよう。そんな事を考えながら警戒しつつ角を曲がった。

「……あ」

なんと四つめの階段だ。そしてその向こうにはまだ一本道が続いていた。

もちろん階段は迂回してその先に進むが、一本道の先は折れていて、先に進むとさらに折れる。なんとなく袋小路に追い詰められるような嫌な造りだ。

まだ一階。されどダンジョン。

「平常心」

カーマインと合言葉のように言い合った言葉を呟《つぶや》いて、角を曲がる。その先は何もない行き止まりになっていた。

「……」

いかにも無駄な空間。

罠《わな》かも知れないと訝《いぶか》しむ気持ちもあるが、しかしここまで来たらきちんと奥まで探索したい。背後に気をつけながら奥まで行って、丹念に壁や床をチェックする。何もない。

念には念をと頭上を見上げた俺は、石を並べて造られた天井に明らかにひとつだけ色が違う石を見つけて思わず顔をゆがめた。

もしかしたらモンスター系のトラップかも知れない。ここは袋小路だ、退路を断たれると逃げたくても逃げられない。

でもなぁ、困った事に俺の槍《やり》……ソードスピアなら柄《つか》の部分で簡単に押せてしまうんだよな。

押すべきか、押さざるべきか。

これは迷う。

俺の得物《えもの》は槍だから距離をとりながら戦える筈《はず》だし、接近戦になった場合にはナイフだってある。いざとなったら目眩《めくらま》し用の煙玉もあるし、階段も近くにあるからなんとかなるだろう。

散々迷って、結局は押す事にした。

念のため元来た曲がり角まで行ってみて、魔物が来ていないかを確かめた上で戻り、恐る恐るソードスピアの柄で件《くだん》の石をグッと押してみた。

途端に、眩《まばゆ》い光があたりを照らす。

光の中にふわりと丸い球体が浮いているのが見える。俺は咄嗟《とっさ》にソードスピアを構え直し、光を放つ球体を凝視した。

丸い球体が光に融《と》けて、代わりに何かが淡く形作られていく。

警戒は解かず、しかし敵か味方かも分からない状況で攻撃する事もできず、俺はその光が形を持つのをじっと見守った。

……人？

段々と形がはっきりしていくとそれは人の形になり、ついには神か天使かと見紛《みまが》うような輝く美貌《びぼう》を持つ男の姿となった。

「えらい、えらい」

「……？」

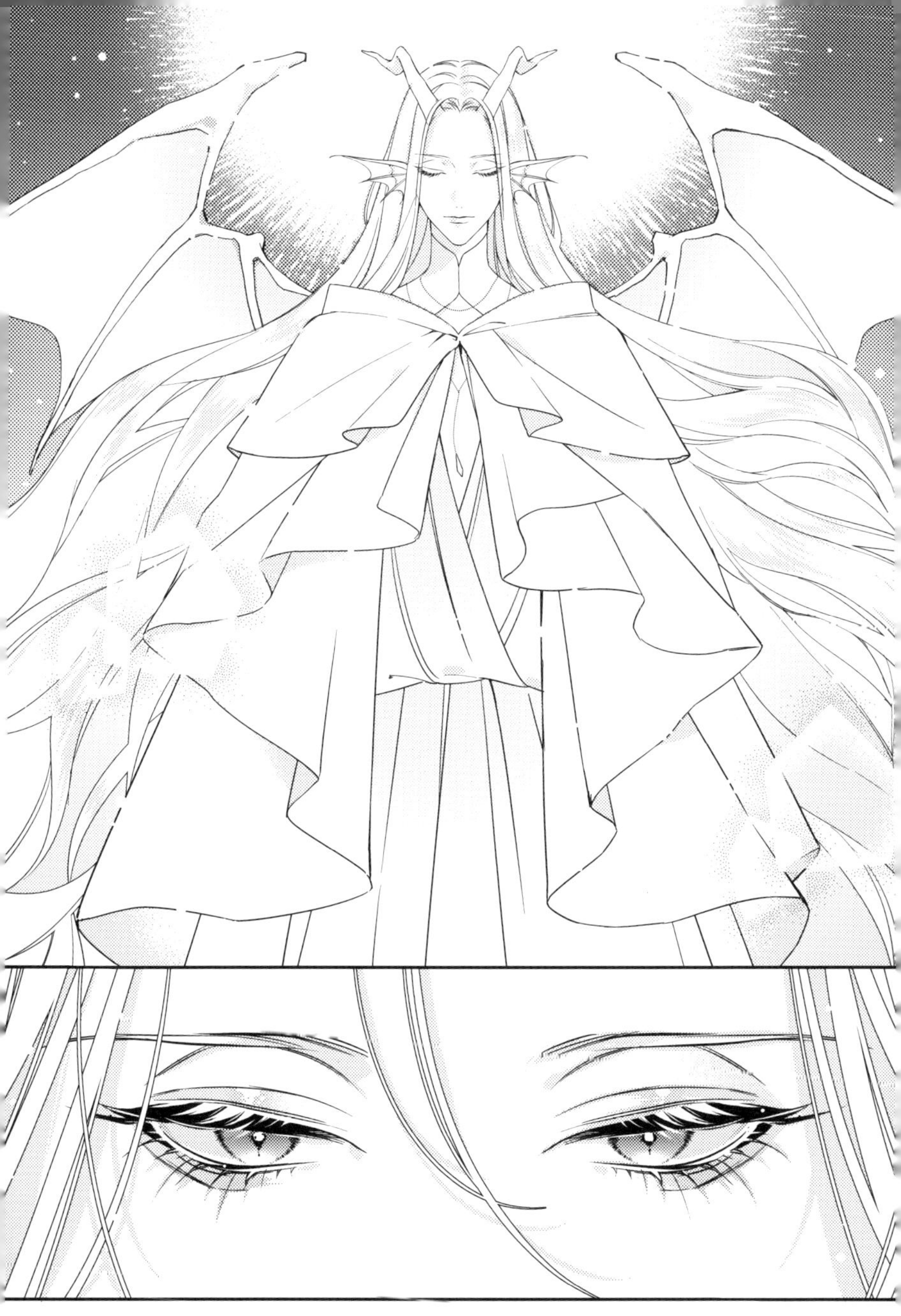

男が嬉《うれ》しそうな表情で放った第一声の意味が今ひとつ分からなくて、俺はソードスピアを構えたまま微動だにせず男を見つめる。

「警戒しなくても良い。私はこの塔の主、聖龍だ。本体は巨大すぎるのでね、おぬしら、人の姿を模しているのだよ。ああ、こうした方が分かりやすいか？」

そう言って、聖龍だと名乗る男は目を閉じた。すると頭には立派なツノ、耳のあたりにはヒレっぽい何か、背には翼竜の翼っぽいものが一瞬で現れる。

聖龍だとか突然言われてもピンとこなかったが、でも、登場の仕方もあり得ないし、髪も翼も真珠をちりばめたような白銀で、人外だと言われた方が納得できる美貌だ。翼やら何やらが増えてますます人外っぽさが増したその人を、俺は信じる事にした。

「聖龍……だとしたら、なぜここに？」

「褒美をやろうと思ってな」

「褒美？　まだ何も為《な》していないのですが」

「一階のこんな奥の奥の奥まで辿《たど》り着《つ》き、入念に調べてくれる者は本当に稀《まれ》なのだよ。丹精込めて造ったダンジョンだ。できる事なら余すところなく堪能して欲しいと思うのは製作者の性《さが》だろう」

「そんなものですか」

「そんなものだ。私の生命はうんざりするほど長いのでな、常に娯楽を求めている。ついにはこんな塔を造ってしまうほどに」

それはそれで大変そうだ。最強と言われる龍種にも、彼らなりの苦労があるんだろう。

「おぬしはとても繊細に私の塔を調べてくれた。最後のボタンを押そうかどうかと迷っている姿はとてもハラハラしたよ」

俺はその言葉に驚愕《きょうがく》した。

「み、見てたんですか」

「うむ。見ようと思えば全て見えるでな。あっという間に次の階に進むようなガサツな子らに興味はないが、おぬしのように謎を慈しむ子は見ていてとても楽しい。悩んだ末に危険も視野に入れつつボタンを押した時には胸が震えた」

「……」

なんだろう。めちゃくちゃ恥ずかしい。

「上階もぜひ同じくらいの熱量で楽しんでくれ」

真剣に迷っていた場面を見られていたのはかなり恥ずかしいが、俺の探究心が、退屈でしょうがないらしい聖龍を喜ばせる事ができたのなら良かった。元々言われるまでもなく隅々まで見て回るつもりだったから、やる事に変わりはないんだし、まぁいいかと開き直る。

「この塔を時間をかけて楽しんでくれる冒険者には、それ相応の褒美を与える事にしているのだよ。おぬしへの褒美はこれだ」

「これは……？」

「聖力メーターだ。聖魔法を覚える時に必要になる力……聖力を測る事ができる便利なものだ」

「聖力……メーター……」

「謎を解くのは好きだろう？　どんな時に貯《た》まっていくのか、自身の目と行動で確かめるがいい。無論、聖力をたくさん貯めた方が強い魔法を覚えられるから頑張りなさい」

「あ……ありがとうございます！！！」

もしかしてこれは、とんでもなくやる気が出るアイテムを授けて貰《もら》えたんじゃないだろうか。努力次第でコツコツ貯まっていくのを見るのはなんだって楽しい。金でも経験値でもスキルでも。

「うむ、喜んで貰えたようでなによりだ。ちなみにこの塔は、長く遊んでくれる者にはとことん優しく作ってあるのだよ。たとえばこの、最奥の階段の三階と七階のすぐ横には、宿兼よろず屋のような場所を設けてある」

「えっ」

驚く俺に、聖龍はドヤ顔で説明する。

「冒険者たちがな、長期のチャレンジで困るのが、風呂《ふろ》と増えていく戦利品だと口々に言うのでな、設けてやったのだよ。とても好評で塔にいてくれる時間が格段に延びた。自慢の設備だ、おぬしも存分に使うが良い」

「そんな、至れり尽くせりな事が……」

「こんな奥の奥のそのまた奥まで来た者しか知らぬ事よ。塔には手強《てごわ》い魔物も、命に関わるトラップも多い。できるだけ死なずに、長時間塔を楽しんでおくれ」

物騒な事を言いつつ、聖龍はまた光の中に段々と溶けていく。

「最上階に辿り着いた時、おぬしに相応《ふさわ》しい魔法を授けてやろう」

その言葉を最後に完全に聖龍の姿は消え、後には静寂だけが残っている。

「夢みたいだったな……」

ラスボスだと思っていた聖龍との、まさかの序盤での出会いが信じられず、ついそんな言葉が口から転がり出た。世の中はいつも想像とは違うものだ。

しばらくその場で呆然《ぼうぜん》と佇《たたず》んでいたら、角からたまたまフィートラビットが出てきて我に返る。

襲いかかって来ようとするフィートラビットを、ソードスピアの長いリーチを利用して素早く仕留めた俺は、ようやく現実に戻ったような気分になった。

そうだ、今日はこの辺で終わりにしようと思っていたんだった。

どちらにしてもこの袋小路で飯にするのは危ない。逃げようがある場所まで戻るか……と思って、ふと聖龍の言葉を思い出した。

「宿があるって言ってたな」

深いダンジョンに潜れば仕方ない事だが、浄化系の魔術を覚えられない俺にとっては、風呂に入れるというのはまさに魅惑の情報だった。聖龍は『三階の階段のすぐ横』に宿があると言っていた。それなら、明日下の階に降りて探索を継続する事も可能だろう。

風呂に入れるかも、と思った途端に体が気持ち悪い気がしてきた。

絶対に風呂に入りたい。

仕留めたフィートラビットを血抜きして腰に結わえ、本日の夕飯予定だった小ぶりのボアを肩に担いで、俺は階段へと歩みを進めた。

「店だ……」

思わず、呟いた。

三階まで階段を登ったら、本当にそのすぐ横に店があった。木でできた看板もあるし、スイングドアの上下からは温かい光が漏れている。

やっぱり人の営みを感じる光は安心するな、と感慨深く思いながらスイングドアを押し開けると、途端に明るい声に迎えられる。

「いらっしゃいませー。おお！　新顔！！？」

「久しぶりだなぁ、入って入って！」

元気そうな男女が満面の笑みで迎えてくれた。

二人ともカーマインを思い出させるふわふわの赤毛で、けれどその髪からはぴょこんと可愛《かわい》らしい猫耳が飛び出している。同じく真《ま》っ赤《か》なしっぽも楽しげに動いていて、顔つきも二人そっくりだから、ああ獣人の姉弟《きょうだい》なのかなと思った。

年は俺とそう変わらないように見えるが、獣人は人よりも結構長命な種だと聞く。実際の年齢は分からない。

「あーっ！　それ、一階の？　食材は断然、一階がいいんだよねぇ。売ってくれるの？」

二人の勢いに押されて、ただ頷《うなず》いた。食わずに持ってきて正解だったらしい。

「あ、ああ……あの、一階で聖龍に出会って……三階に宿とよろず屋があると聞いて来たんだが」

「一階で聖龍様に会えたの!?」

「それはレアだね、よほど丹念に塔を探索したんだな」

二人から感心されてしまった。本当に聖龍は塔の探索を丁寧に行った者の前に現れるんだなと納得する。常なら無駄とも思える俺の探究心がこんなところで役に立つとは。

「食事と買取り、あと宿も頼めるか？」

「もちろん！　あ、あたしサク、こっちは弟のロンね」

サクと名乗った女の子の方がボアとフィートラビットをヒョイと持ちあげる。思いのほか力持ちだ。すると弟だという男……ロンが俺の荷物を持ってくれた。

「部屋に案内するからさ、とりあえずお風呂に入ってきなよ。ご飯作っとくから、売買とかはその後でゆっくりやればいいんじゃないかな」

地上よりも遥《はる》かにサービスのいい宿に、俺はただ驚くばかりだった。

一週間ぶりの風呂を堪能……というか、個室にシャワーも湯船もあるなんてハイクラスの宿屋っぷりに、むしろ俺は本当は死んでいて、都合のいい夢でも見ているんじゃないかと不安になる。

それでもやっぱりシャワーは気持ちいいし、備え付けの石鹸《せっけん》は香りも良くて泡立ちも申し分ない。湯船に浸《つ》かれば手足の先までじーんと温かくて体中から疲れが抜けていくようで、夢でもいいか、と思うようになっていた。

風呂から出て改めて部屋を見渡してみたら、カーマインと一緒に泊まっていた部屋よりもよほど広く、清潔でしっかりしたベッドが置かれている上質な部屋だった。

聞いていた食事込みの宿泊代からすると随分とサービスがいい。

今すぐベッドに飛び込みたい気もするが、飯と換金は済ませておかないとならないだろう。荷物を開けて換金したいものを準備してから階下に降りると、随分と豪華な食事が用意されていた。

「すごいな……」

「今日はおにーさんが食材持ち込んでくれたから豪華だよー！　お酒も飲む？」

「じゃあ、果実酒で」

サクさんがサラダを運んでくれながら嬉しい事を言ってくれる。さすがに気を抜きすぎかとも思うが、毒を喰《く》らわば皿まで、だ。信用してとことん気を抜いて過ごさせて貰う事にしよう。

「新鮮な野菜なんて久しぶりだ」

「でしょー。冒険者の人たちは皆、野菜とか果物を喜ぶもんね」

「確かに果物も嬉しいな」

シャキシャキとした瑞々《みずみず》しい野菜。香り高く果汁が溢《あふ》れ出るフルーツ。乾燥させたものを水で戻しただけでは絶対に得られない食感と味に素直に感動した。

「誰《だれ》が作ってるんだ？　すごく美味《うま》い」

「ロンだよー。ロンの方が手先が器用なの。アタシはもっぱら食材調達担当！」

「へぇ、この果実酒もとても美味い。甘すぎなくて好きな味だ」

「それはねぇ、ファルポって果実を漬け込んだものだって言ってた。生で食べるとすっごく苦いのに、お酒に漬けるとほんのり甘くなるんだって。不思議だよね」

そんな他愛もない話をしていた時だ。

「うぃーす、遅くなったわー」

「うわっ、今日の飯、豪華だな」

二人連れの冒険者たちがまったりした様子で入ってくる。そして即座に俺の方を見て愛想良く笑いかけてきた。

「おー、新入り？　久しぶりじゃない？」

「どこの階まで行ったんだ？」

「まだ一階がやっと終わったとこで、明日から二階に挑もうと思っている」

「一階!?」

「なのになんで三階のここに!?」

問われて素直に答えたら、思いの外びっくりされた。

「聖龍様に教えられたらしいよー。一階で聖龍様に会えるなんてレアだよねぇ」

「うっわマジか。俺たちなんか四階で初めて会ったってのに」

「ていうかまさかソロ？　大丈夫なの？　上階の魔物、めっちゃ強いぞ？」

俺の代わりにサクさんが答えてくれたけど、心配までされてしまった。一階で聖龍に会うのはやっぱりレアな事だったんだ……と思いつつ、本当に普通の冒険者っぽい人たちが入ってきた事にちょっと安心する。

その晩は割と遅くまでお酒を飲みながら宿の人や後から入ってきた冒険者たちと情報交換をしていたけれど、あの人たち以外の泊り客は結局いなかった。こんなにも便利な宿に泊り客が少ないという事実に、丹念に塔を探索する冒険者は思っていたよりもかなり少ないという聖龍の言葉が真実味を帯びてくる。

けれど俺は俺だ。カーマインもいない今、誰の目も気にする必要がない。存分に時間をかけて探索しよう。

そう決めて入ったベッドはとてもふわふわとして柔らかく、夢を見る事もなくぐっすり眠る事ができたのだった。

＊＊＊

『よろずの宿屋』を拠点に探索するのは単純に楽しかった。

もちろん宿に帰れるのなんて数日に一度だが、それでもたまに温かくて栄養たっぷりの飯が食えたり、ゆっくりと風呂や睡眠を堪能できたり、誰かと他愛のない話ができたりするのは、心と体に大きな癒《いや》しをもたらしてくれる。

おかげで俺も、少し心の余裕を持って探索に挑めていると思う。

二階、三階と、上階に登って行けば行くほど『聖騎士の塔』は不思議な造りで、『聖力メーター』を手に入れた俺にとっては探索が面白くて仕方がない。

一見何もないように見える行き止まりの先の先まで行って、あたりをじっくりと見回してみる。

お、ここにもあった。

よくよく見ると壁の中でほのかに光っている石がある。それをソードスピアの柄で軽く突《つ》いたら光が消えて、ホントにちょっとではあるけれど聖力メーターの数値が上がるんだ。

こんな事、このメーターがなかったらきっと気がついていなかっただろう。これだから丹念に探索するのをやめられない。

例えば、カラの宝箱から大量の聖力がゲットできる事もあるし、本当にカラの時もある。

壁から生えている蔦《つた》や苔《こけ》にはちょっぴりずつ聖力が貯《た》まっていて、それを見つけるという探索の楽しみを増やしてくれていた。

ただ、心配していたようにやっぱりそれなりにトラップもあって油断できない。

下の階に落とされる程度なら痛くて時間が余計にかかるだけでさほど問題ないが、毒ガスや矢が放たれるタイプやモンスターが出てくるタイプのトラップは結構危ない。

そして俺が一番恐れているのは塔のどっかに無理矢理転移させられる系のトラップだった。

もう二回ひっかかっているが、まず自分が何階のどのあたりにいるのかの特定に時間がかかって本当に面倒だ。

正直言ってかなりうんざりした。

今のところ上階には飛ばされていないが、突然最上階とかに飛ばされたりしたら、簡単に命を失うだろう。

慎重に、でも塔の中をできるだけ取りこぼしなく探索したい。

自然、ひとつの階の踏破にかかる時間は増えていく。

それでも端まで辿《たど》り着《つ》けば帰りは早い。行きは脇道のひとつひとつまで丁寧に見ていくけれど、戻る時には正しいルートを選んで最短距離で突き進むだけでいい。

戻りは上の階を探索しながら戻れば日数は短縮できるのかも知れないが、宿を出て逆の端まで辿り着くまでには日数も相当かかるし食い物や回復薬も心許《こころもと》なくなってくる。

なにより疲弊している状況で、今までよりも強い、攻略法も分からないかも知れない敵とぶつかるのが怖かった。

良く言えば慎重、悪く言えば腰抜けだろうが、それが俺の戦い方だ。

ソロで動くと決めた以上、自分の命は自分だけしか気遣えない。

ふとした拍子に脳裏に浮かぶ赤い髪と赤い瞳《ひとみ》、そして明るい笑い声を、頑張って脳みそから追い出しながら、俺はたった一人での戦いと探索に慣れようと頑張っていた。

【カーマイン視点】ライアがいない、という事

ライアが塔に籠《こも》って三ヶ月。

エリスも徐々にダンジョンに慣れてきて、ダンジョンで二、三泊しながら下層を目指してみようかって頃《ころ》だった。

ダンジョンも四層ともなると、そこそこ強い魔物がそれなりの集団で現れる事もある。その日はオークが五体、まとまって出たんだ。

それぞれが違う武器を持ち、不完全ながら陣形も組んでいる。オークの中でも知能が高めのヤツらなんだろう、とすぐに分かった。オレとライアなら、別に苦労しない程度の敵。オレ一人でもなんとかなる、そんな油断があったんだと思う。

ヤツらの陣形を崩すように斬り込んで、その勢いのまま三体を一気に屠《ほふ》る。

その時だった。

乱れた陣形の端にいたオークが、オレの横を抜けて後ろへと躍り出たんだ。

「ライ……！」

ライア、頼む！　そう言いかけてハッとする。

いないんだ。

オレが討ち漏らしたら、最後。

戦闘力のないエリスは、一撃で死に至るに違いない。

「うおおおお！！！！」

オレは一瞬で身を翻してオークの背中に斬り掛かる。

オークが振り上げていた腕から小ぶりな斧《おの》が落ちて、その毛むくじゃらの体が崩れ落ちるのを確認してから前を見ると、目前には最後の一体が迫っていた。

完全には避《よ》けきれない。

そいつの武器はナイフだ。急所を外す程度に身を躱《かわ》しつつ、振り下ろしたままだった剣を勢いよく斬り上げる。

ドウ……と重い音を立てて最後の一体が地に倒れ伏すと、オレはホッと息をついた。

危なかった。

ライアはいないんだ。

オレが全部、間違いなく倒さないと、オレもエリスも一瞬で死ぬ。分かってた筈《はず》だ。

背中に冷や汗が伝ったけど、エリスに不安そうな顔は見せられない。振り返ったら、腰が抜けたらしいエリスが震えながらオレを見上げていた。

落ち着かせようとニコ、と笑いかけてみると、エリスの目から幾筋もの涙がこぼれ落ちた。ブルブル震える唇から小さな呟《つぶや》きが漏れる。

「わ……脇腹《わきばら》、血が……」

「ああ、大丈夫」

かなり深く刺されたが、致命傷ではない。けれど大きなケガを負って大量の血を流しているのを初めて見て、エリスはきっとすごく怖かったんだろう。真っ青になって震えている。

それでも、これが冒険者になるという事だ。永遠に無傷じゃいられない。こんな時のためにエリスたち、回復職がいるんだから。

「治癒してくれるか？」

「は……は、はい」

エリスは魔法を紡ごうとするけれど、動揺しすぎているのか全然魔法にならない。そのうち、不発が重なって打ち止めになってしまった。

「ご……ごめんなさい。ごめんなさい、私……！」

「いいさ、これまでは普通に治癒できてたんだ。今のが怖すぎて動転しちゃっただけだろ？　こんな時のポーションだ。気にすんな」

傷口に塗り込んで、残りを飲み込む。

「……っ」

痛ってぇ……。めっちゃ沁《し》みるし、めっちゃマズイ。

でも、こんな事もあろうかと質の良いポーションを残しておいて良かった。

傷口は塞《ふさ》がってきたけど、さすがにこんな深い傷、ポーションじゃ全快は無理だ。今日はあんまり無理せずに、町に戻った方がいいだろう。

帰るだけなら、なんとか今日中に町まで着く筈だ。

「魔力とポーションの残を考えると、今回はここまでだな。いったん町に帰って仕切り直そう」

「ごめんなさい、私、足手纏《あしでまと》いになるだけで……こんな大切な時にすら、役立たずで……っ」

エリスが本格的に泣き出してしまった。

これは地味に困る。

「えーっとさ、泣かないでいいよ。そもそもオレが討ち漏らさなかったらこんなケガもしてないワケだし。それにさ、いつかはこんな感じにデカいケガする日は来るワケで、町に戻りやすい層だったのはむしろ運が良かったと思う」

「でも……っ」

「今日の事があったら、次もっとヤバい時にきっとちゃんと動ける。て言うか、動けるようになろうって思ってくれたらそれで良いんじゃねぇかな」

「なんで……」

グスッとエリスが鼻を鳴らす。

「なんで、そんなに優しいんですか……っ」

まるで叱《しか》られたガキみてぇだなと苦笑した。ちょっとだけ、孤児院のチビすけたちを思い出す。

オレがうっかりちびすけたちを怒鳴ったりしたら、ライアがすぐに飛んできて、慰めながら言い聞かせたりしてたっけ。

チビすけたちはオレに怒られてる時よりも、ライアに諭されてる時の方がよっぽどよく泣いたし、よく反省してた。

人間、怒られるより慰められた方が効くのかも知れないな。

「オレが優しいんじゃねぇよ。ライアがさ」

「ライアさん……？」

「うん。手紙にさ、書いてあったんだ。エリスもまだ冒険者に成り立てだからそのつもりで傍に居ろ、オレらが初めて魔物に襲われた時の事思い出せってさ」

「……」

「オレらが初めて魔物に襲われた時、もちろん全力で逃げたんだけどソッコーで追いつかれてさ。アイツ腰が抜けて固まっちゃって、オレが棒っ切れみたいな木の剣でなんとか追い払ったんだ」

「カーマインさんは、その頃から強かったんですね……」

「んなワケあるか。オレだって膝《ひざ》はガクガクで、ボロくそ泣いてたよ。でもオレが逃げたら、アイツ死んじゃうだろ。だから必死だっただけ。アイツやエリスとなんも変わんねぇよ。だからエリスも気にする事ないんだ。皆おんなじ道を通ってる」

ぐす、とまだ洟《はな》をすすってるけど、エリスはちょっとずつ落ち着いてきたみたいだ。とりあえず良かった。

「そう思えるように頑張ります……」

「ははは、エリスも気にしぃなんだな」

「エリスも、って？」

「ライアもさ、魔物と初遭遇した時オレに助けられた事、ずーーーっと気にしてんの。何年反省してんだって話だよな。もう気にしなくてぃいのに」

「そんなの、気にしますよ……。だって、カーマインさんがいなかったら、きっと死んでたって思うもの」

「うん、アイツもそう言ってた」

ライアの真剣な顔を思い出しながら、俺はちょっと頰《ほお》が緩む。

「でもさ、長いこと一緒に旅してりゃオレが助けて貰う事の方が圧倒的に多いんだぜ？　オレの方こそきっとライアがいなかったらもう何十回も死んでるよ」

ライアにも毎回そう言ったけど、アイツは絶対に譲らなかったっけ。

「オレは考えなしに突っ込んでくタイプだけど、アイツは慎重で機転も利くから、数えきれないくらい命を助けられたんだけどなぁ」

「……」

「でもパーティーってそんなもんだろ。助けあってナンボなんだよ。アイツもオレに感謝してるんだろうけど、オレだってめっちゃ感謝してる。だからお互い、次はもっと相手の役に立とうって、そう思い合えばいいだけだろ」

「……ライアさんが羨《うらや》ましい……」

「？　なんで？」

「なんでもないです。私も、次はカーマインさんの役に立てるように頑張ります」

「おう、頼むぜ」

ニッと笑って見せたら、エリスもようやく笑ってくれた。

良かった。

めそめそしてたっていい事なんか何もない。毎日命を張って生きてる冒険者は、気持ちの切り替えが大切だ。これで帰路も普通の精神状態で進めるだろう。

ライアの助言のおかげで、気が短くてちょっと気が利かないオレでも、エリスに過度な期待をかけすぎる事もなく成長を見守る余裕が持ててると思うんだよな。

それからは予想以上に危険な目に遭うという事もなく、エリスと二人、危なげなく町に戻る事ができた。


ギルドで依頼分や魔物の討伐分、集めた素材諸々《もろもろ》の換金を済ませ、二人で無事に帰還できた祝杯をあげてから各々の宿へと帰る。

風呂《ふろ》に入ってベッドにゴロンと寝転がったら、途端に孤独が押し寄せてきた。

……ちくしょう。

ダンジョンに潜ってる間はまだ良いんだよな……。

オレだって冒険者の端くれだ、一歩ダンジョンに入ればどんなに浅い階層だって何が起こるか分からない、命のやり取りの場所だって骨の髄まで身に染みてる。だからその間は平静を保っていられるんだ。

一番辛《つら》いのは町に戻って、こうして一人になってからだ。

ライアがいない。

その事が、こんなにもオレを苦しめる。

ダンジョンにいる時だってついアイツの銀髪を探しちまうし、今日もだけどうっかり名前を呼びそうになる事だってしょっちゅうだ。

でも、こんな風に宿で一人でいる時ほど孤独に苛《さいな》まれる事はない。

「ずーっと、一緒だったもんなぁ」

つい、愚痴が溢《あふ》れた。

「一緒に、いるって言ったくせに」

ライアはちょっと変わったヤツで、孤児院の皆と共同作業してる時は面倒見もいいし優しいし、いつも穏やかに笑ってるのに、その時間が終わるとフラッといなくなる事が多かった。

本当は一人でいるのが好きだったのかも知れない。

そういえばオレが孤児院に入ったその日は、つっけんどんな感じだった気もする。

オレよりもちょっと先に孤児院に来たらしいライアはオレの世話係に任命されて、たぶん最初はオレの扱いに困ってたんだよな。

でも、いつまでも泣きやまないオレを慰めてくれて、俺が寂しがると一緒に寝てくれたりもした。

頭撫《な》でて、って言ったらしぶしぶだけどいつもちゃんと撫でてくれたし、ぎゅってして、って頼んだらしょうがねぇなぁって顔して抱きしめてくれてたんだ。

だから、ライアがふっといなくなる度に、探し出してどこまでだってついて行った。

最初は俺がついてくるのもイヤそうで、まかれる事もしょっちゅうだった。

オレに見つかる度にあきれたみたいな顔してたけど、そのうち慣れたのか「……行くぞ」って言ってくれるようになって、剣の稽古《けいこ》にも付き合ってくれるようになったし、オレが行きたいって言うところには、一緒について行ってくれるようにもなった。

ライアに近づきたくてもなかなか近づけない他のヤツらとは違う。

オレはいつだってライアとぴったり寄りそうように傍にいた。

いっぱい話したし、たま――――にケンカもしたけど、たくさん二人で笑った。孤児院の仕事もライアとペアでこなしてたし、悪さをして説教をうけるのも一緒だった。冒険者になるための稽古だって二人で頑張ったし、未来の事を話しながら一緒に寝た。

「……」

ガキの頃《ころ》のライアの色んな表情が思い出されて、つい口元が緩む。

面倒だなぁ、って顔。

出会ったばっかの頃はホントによく見た表情だった。その顔は悲しかったけど、でもオレが悲しい顔したら、ライアは結局は困った顔した後、「ごめん」って謝ってくれて、頭を撫でてくれるから、最終的にはあったかい気持ちになるって分かってた。

ちょっと照れたみたいな顔。

オレが何かやりたいって言うと、ちょっと考えて必ず「こうしてみたら？」って真剣に答えてくれた。嬉《うれ》しくて「ありがとう！」って笑ったら、必ず照れたみたいに「……別に」って目を逸《そ》らしてたよな。あの顔がすっごく可愛《かわい》かったから、オレ、それが見たくてあれがやりたい、これがやりたい、ってわがままばっか言ってた気がする。


……そして。

わくわくしたみたいな、楽しそうな顔。

この顔も大好きだった。よく一緒に行動するようになってから、ライアはホントによく笑うようになった。他のヤツに見せるような穏やかな笑顔とは違う、本当に嬉しそうな、楽しそうな顔。オレだけに見せる特別な顔だって思って、得意になってたんだ。


ライアは、オレが冒険者になる！　って宣言すると、いつも嬉しそうに笑ってくれた。

オレの親もライアの親も冒険者で、依頼の途中で死んじまったから、親の志を継げるのは俺たちしかいない。

親の死の悲しみからなんとか立ち直ったら、親の後を継ぎたいと思うのは当然だった。

「すげー冒険者になって、たっくさんの人をこの腕で守るんだ！」

「この前までピーピー泣いてたのに、威勢がいいな」

最初はちょっとからかうみたいにライアは笑ってたけど、言い続けてるうちに、剣の練習に付き合ってくれるようになった。

一緒に木の枝を削って剣を作ったりもしたし、森で狩りの練習をしたりもした。ライアは色々言わなかったけど、シスターに魔法を習い始めたって事、オレは知ってた。

「オレ力強いし、父ちゃんみたいにごっつい剣士になる！」

「ずっと鍛錬してるもんな。カーマインならできるよ」

ライアが俺の言葉を笑わなくなった頃。

「できるよ、じゃなくて、お前も手伝えよ！」

俺は言った。

「ライアだって魔法とか槍《やり》とか特訓してるだろ。一緒に行こうぜ」

きっとライアも、冒険者になりたいって思ってるんだ。

「ライアの回復魔法があれば、町を渡る事だってできる！」

「まだ魔力も少なくて、てんで頼りないぞ」

慎重派なライアは、ちょっとだけ不安そうな顔をするけど、そんなの吹っ飛ばせるくらいオレもライアも練習すればいいんだ。なんにも問題なんかない。

「まだ冒険者登録できる年まであと一年あるじゃんか。一緒にたっくさん練習すればいい」

「カーマイン……」

俺をまっすぐに見つめてくるライアに、オレはニッと笑って見せる。

「父ちゃんたちの代わりにさ、オレらが色んな国に行って色んな人を守ろうぜ！　オレら二人なら、きっとできる！」

「……！」

ライアは一瞬だけ目を見開いてオレを凝視した後、めちゃめちゃ嬉しそうに笑ったんだ。あんなに嬉しそうで、楽しそうなライア、初めて見た。

「オレ、ライアとなら頑張れると思うんだ。なぁ、行こうぜ、ライア！」

「……ああ！」

「頑張ろうぜ！」

それからはもう、孤児院の皆が呆《あき》れるくらい、二人で鍛錬を重ねた。

孤児院での仕事を手早く済ませて、午後からは近くの森に出かけて日が暮れるまで鍛錬した。野営もしてみたし、あえて天候が悪い時に狩りに出たりもした。

大変な事だって、二人で知恵を出して乗り越えてきたんだ。


そう、二人で孤児院を巣立って冒険者になった今でもずっと。アイツが『聖騎士の塔』に籠《こも》るあの時まで、アイツと四六時中一緒だったんだ。

冒険者になってからは行く先々の町で情報収集も兼ねて、オレは結構冒険者仲間と飲みに行ったり娼館に行ったりもしてたけど、それ以外の時間ってホントバカみてぇに一緒にいたんだよな。

思い返して、オレは小さくため息をついた。

宿に帰る途中で買ってきたエールを喉に流し込みながら、オレはライアがいない部屋を見渡す。

ライアがいないと、部屋がこんなに寂しくて寒いなんて知りたくなかった。

あんなに一緒にいたのに、今じゃ顔を見る事さえできない。

宿屋に帰ればいつだってアイツが「おかえり」って迎えてくれて、ちょっとくだらない話をして笑いあう。それが当たり前だと思ってた。

しばらくアイツの事を思い出していて、また、くすりと笑いが漏れる。


そっか、そうだ。

まだ二人で旅に出てそんなに経《た》ってない頃は結構別行動だってしてたんだよな。なんならライアだけでダンジョンに潜った事だってあったっけ。

オレが結構なケガしちまって、でも金にそんなに余裕がある頃じゃなかったから、ライアが一人で「ダンジョンで稼いでくる」って行っちまったんだった。

一人でなんて危ないってオレは必死で止めたんだけど、ライアは笑うばっかりで取り合ってくれなくて……。待つしかないオレは心配で心配で、心臓がバクバク鳴りっぱなしだった。

いつもだったらとっくにダンジョンから戻る筈《はず》の時間になってもライアは帰ってこなくて……オレの不安は簡単にピークをこえた。

父ちゃんや母ちゃんみたいに、帰ってこないんじゃないか。

オレが呑気《のんき》に宿で待ってる間に、どっかで死んじゃってるんじゃないか。

そう思ったらもうダメだった。

宿を飛び出してアイツが寄りそうな店にもギルドにも行ったけど、それでもいなくて。町の門から出てダンジョンに行こうかってとこで門番がライアは町に戻ってるって教えてくれて……それでようやっと落ち着いたんだ。

宿に戻ろうって歩いてたら、今度はライアが血相変えてオレを探してた。

しかもオレときたら走り回ったせいで既にケガが開いて流血してたもんだから、逆にライアにめちゃくちゃ怒られる羽目になったんだよな。

もちろんオレだってライアがなかなか帰ってこないから、心配すぎて探してたんだってちゃんと言ったけどさ。

「……」

あの時のライアの泣きそうな顔を思い出して、少し胸が温かくなった。

そっか、あれからかもなぁ。

オレがいつ帰っても、アイツがちゃんと宿にいるようになったのって。

そういえばそれ以来、オレがライアを探して不安になる事なんて一度もなかった。そう、こんな事になるまでは一度も。

もしかしたらアイツ、オレが思ってた以上に、オレに心配かけないように気をつけてくれてたのかも知れないな。

皮肉なもんだ。

そんな風に気遣って、いつだって宿でオレを待ってくれていたライアが、今はいつ帰ったって絶対にいないんだから。

「……今度は、オレが待つ番だよな」

ライアがいつ帰ってきてもいいように。

今度はオレが、アイツの帰る場所になればいい。そう思った。

【ライア視点】一人でも、生きていける

その日も、戦っていた。

敵は四体。

狼《おおかみ》タイプの群で、明らかに一体だけ体躯《たいく》が大きい個体がいる。たぶんアイツがリーダーだろう。

カーマインなら、どうする？

幸いそれほど手こずりそうな相手でもない。狼は一頭が先陣を切り、それに感化されるように他が一斉に襲いかかってくる事が多い。カーマインなら迷う事なく、先陣を切った狼から仕留めるに違いない。

自問自答しながらソードスピアを構え、少し後ずさる。

俺が意図的に隙を見せた瞬間、つられたように一頭が躍りかかってきた。意外にも、他の個体はこちらを窺《うかが》うように動かない。

瞬時に反応し、ソードスピアの長いリーチを活《い》かして斬り掛かる。宙に浮いた体はうまく避ける事ができない。俺のソードスピアに狼の重い感触が伝わった。

「ギャン！」

グン、と力を入れて振り抜けば、狼の大きな体が勢いよく壁に叩《たた》きつけられる。

息の根は止めた筈だ。

他の三頭に油断なく目を向けると、リーダーらしき個体との睨《にら》み合《あ》いになった。しかしそれは僅《わず》かな時間の事で、群のリーダーは瞬時に身を翻して去って行く。無論、他の個体もリーダーに倣いあっという間に姿を消してしまった。

オレに敵《かな》わないと判断しての行動だろう。さすがに統率がとれている。

「……よし」

戦闘が長引かなくて良かった。

塔に入ってどれくらい経ったのか。『聖騎士の塔』も三階の中盤に入る頃《ころ》には、随分一人での戦闘にも慣れてきていた。

塔に入るまでは、俺の前にはいつもカーマインの背中があって、魔物と戦う時にはあいつが主で俺がサポート役。俺はいつだってカーマインの動きやその時の戦法を瞬時に判断して、それに合うように頭を使っていた。

その時々でカーマインが狙《ねら》う魔物は変わる。

数が少なくて一番強い魔物を屠《ほふ》れば一気に戦闘が楽になると判断しているようなら、俺はそのサポートか他の魔物を討つ事を優先するし、数が多くて頭数を減らそうとしているなら、弱そうな魔物から狙っていく。魔法や特殊な能力を持っている厄介な敵を警戒していると分かれば一緒になってソレを真っ先に討ち取るだろう。

カーマインが何を考え、どう動こうとしているのか。

それを感じ取ってうまく連携していくのが、たまらなく楽しかった。

だからこそ、塔に入って一人になった途端、戦闘の勝手が違いすぎて戸惑ったんだろう。考えのスタート地点にいつも必ずあった『カーマインはどうするんだろう？』というフェーズが突然なくなった事で、どうしても一瞬判断に迷いが出てしまう。

結局は、『カーマインならきっとこうするだろう』と仮定する事で、俺はやっと普通に戦闘できるようになった。

俺の全《すべ》ては、常にカーマインを軸にして回っていたんだと思い知る。

それは戦闘だけじゃなくて、飯を食うとか次の角をどっちに曲がるとか、そんな瑣末《さまつ》な事ですら体感してしまうほどだった。

何気なく交わされる雑談の中で、俺は常に次にカーマインが何を言いたいのか、何をしたいのかを先回りして考え、それに対してどうするか、という視点で物事を考えていたらしい。

ショックだった。

自分がここまでカーマインに依存しきっていたとは思ってもみなかった。

「ホントに、いい機会だったんだな」

俺が一個人として成長するためには、きっといつかはカーマインと離れる事が必要だったんだろう。一人で納得しながら進んでいたら、いつの間にか行き止まりに行き当たった。

「行き止まりか……」

呟《つぶや》きながら、ウエストポーチからマッピングノートを取り出す。歩いた歩数を計算しながらマップを埋めて、行き止まりを書き込んだ。

マッピングノートを片付けたら、いよいよ本格的な調査だ。

この『聖騎士の塔』は、僅かに色が違う石とか、壁を伝う蔦《つた》とか、そんなちょっとしたものにも聖力が貯《た》まっていたりする。特にこんな感じの袋小路では、その傾向が顕著だった。

天井には特に変わったところはない。次いで行き止まりの壁を丹念に見ていると、一番下の左隅に、少し材質が違う石を見つけた。

念のため、確かめてみるか。

一応後ろを振り返って、魔物が来ていない事を確認してから、色が違う石を蹴《け》ってみる。

ガツッ！

「動いた……？」

僅かに他の石よりも奥に入った気がする。聖力が貯まっているんじゃなくて、違う仕掛けなのかも知れない。

ガツッ！　ガツッ！

力を入れて蹴ってみると、色が違う石はやっぱり徐々に奥に押し込まれていく。

ガツッ！

思いっきり力を入れて蹴り込んだ瞬間。

目の前の壁が一瞬で透明になって、奥に通路が現れた。

「おい、見たか!?　カーマイン！！！」

驚きのあまり、そう叫んで振り返って……誰《だれ》もいない空間に言葉をなくす。

そうだった、カーマインはいないんだった。

こんな時はどうしても、カーマインがいない事を寂しく思ってしまう。隠し通路を見つけるなんてテンションが上がるでき事、誰かと分かち合いたいと思うのは当然だ。

特にカーマインは感情表現が素直だから、さっきみたいに突然壁が透明になるなんて信じられないような事が起こったら、飛び上がって喜んだだろう。

そう思ったら、つい笑いが漏れた。


そういえば俺たちが旅に出て三年くらい経《た》った頃、似たような事があった。

あの時はその町のダンジョンの五層に隠し通路があるって噂《うわさ》があって、いくつかのパーティはそれを見つけて特別なダンジョンにチャレンジできたって話だったんだ。

「隠し通路なんてロマンだろ！」

カーマインときたらそんな事を言って、躍起になって探してた。目をキラキラさせて、何度も何度も同じダンジョンに潜って、二人で五層をくまなく探し回ったっけ。

最初は隅から隅まで探したつもりなのに全然見つからなくて、ガセネタなんじゃないかってボヤきながら一緒にヤケ酒をあおったりもした。まだお互いそんなに酒も強くなかったから、度数の低いジュースみたいな酒だったけど。

それでもカーマインは俺よりも量を飲むから酔ってしまって、ぐでんぐでんになって俺に全身をあずけて眠ってしまったのが可愛《かわい》かった。

子供みたいにあどけなくて、仕方ないなと笑いながら背負って宿まで帰ったんだ。あったかくて、体の力をぜんぶ抜いているからかやけにズシリと重い、その重みがなんだか幸せだった。

翌日カーマインは、昨日《きのう》あんなに愚痴った事なんかなかったみたいに、元気いっぱいで俺をたたき起こして言った。

「ライア、行こうぜ！　今日こそ隠し通路を見つけるんだ！」

懲りないな。でもそれがカーマインだ。

楽しそうにダンジョンに入って早々に五層まで到達すると、カーマインは今度は俺に探索の主導権を渡してくれた。俺の方が丁寧で注意力が高いから、という理由だったけど、俺が探索方法を提案したら、目をまん丸にして驚いてたっけ。

「へ？　マジで？　蔦を掻《か》き分《わ》けて中まで見るって、本気か!?」

「できれば岩や壁の石のひとつひとつにも変わったところがないか気をつけて欲しい」

「え……それマジで言ってんの？」

「もちろん。前回までで普通に探せるところは嫌というほど二人で探したと思うんだ。あと考えつくのは蔦の奥に隠れてるとか、どっかの岩とか石自体が鍵《かぎ》になってるとか、魔物を倒すか何かの条件を満たしたら開く、とか……。目眩《めくらま》しとかランダムじゃなきゃいいんだけど」

一気に言い切った俺を見上げながら、カーマインはう――……と唸《うな》って、ポツリと言った。

「……分かった、ライアの言う通りにする」

カーマインの言葉に、今度は俺が驚いた。言ってはみたものの、カーマインは面倒がって諦《あきら》める可能性の方が高いと思っていたからだ。

隠し扉なんて夢のある話だけれど、酔っ払いたちの与太話って可能性も充分にある。ここは諦めて他の町に移動するっていう選択の方が簡単だっただろう。

なのに、カーマインはいつもみたいにニカッと屈託なく笑ったんだ。

「さすがだよなぁ、オレはそんなに色々思いつかねぇもん。二人でやりゃあこういうのも面白いだろ、ライアのやり方でやってみようぜ。そんだけやってダメなら、さすがに諦めもつくしな！」

目を丸くする俺に「行こうぜ！」とむしろ発破をかけるくらいで、……ああ、やっぱり好きだ、と思った。

面倒な作業ですら二人なら面白いかも、なんて言って楽しそうに笑ってくれるのが嬉《うれ》しい。俺の英雄はいつだってこうやって、俺を引っ張ってってくれるんだ。

一度こうと決めるとしっかりとやり切るのがカーマインのいいところだ。

性格的にちまちました作業は嫌いだろうに、文句も言わずに蔦を掻き分けてみたり、俺の真似《まね》をして岩やら石やらをコンコンと叩いてみたり、それはそれは地道に探索に励んでくれた。

「やっぱねぇなぁ」

「さすがに肩が凝ってきた」

なんてお互い苦笑いして、五層も半ばを過ぎる頃にはさすがに俺も内心、やっぱり隠し通路なんてないんじゃないかと諦めかけていた。

でも、カーマインは諦めなくて。

「ま、諦めるのは最後までやってからでも遅くねーだろ」

そう言ってまた笑うんだ。

面倒くさい事は嫌がるくせに、こうと決めたら苦手な事だってやり抜いて見せる。そんなカーマインの背中に励まされて、どれだけ経っただろう。

「……あれ？」

小さな呟きがカーマインから漏れた。

「え、これ……」

「どうした？」

カーマインは俺と自分の指先を何度も交互に見ては、信じられない、という顔をした。

「もしかして」

「これかも！」

見てみろよ！　って興奮気味に蔦の奥を指差すカーマイン。俺はその指先を覗《のぞ》き込んで、息をのんだ。石と石の間に隠れるみたいに、小さなポッチがある。

「ボタンじゃねえ!?」

カーマインのワクワクした声に、俺もうわずった声で答えた。

「ボタンだな……！」

「ついに見つけた――――――！！！」

両腕を高く突き上げて、カーマインが勝利の雄叫《おたけ》びをあげる。俺は、ただただ賞賛のまなざしでカーマインを見つめた。

「押していい⁉」

「もちろん！」

カーマインがキラッキラな目をして小さなボタンを押し込むと、目の前の壁がゴゴゴゴ……と音を立てて開いた。その先には、どこまでも続きそうな長い長い通路が広がっている。

それまでの石造りの通路とは明らかに違う、自然の洞窟《どうくつ》のようなゴツゴツした岩肌が露出している、そんな通路だった。

「よくこんな蔦の中にある、しかも石と石の間に挟まってるみたいな小さなポッチ、見つけたな」

「ライアが岩とか壁とかも注意して見ろって言ってたからな！　オレ、ちゃんと見てたんだぜー！」

俺よりもよほどしっかりと見てくれていたらしい。

「すごいな、カーマイン」

「すごいのはライアだろ！　ライアが言った通りだった！」

笑顔が眩《まぶ》しすぎて、正視できないくらいだった。

俺が見た中でも、たぶん一、二を争うくらいにキラッキラの、輝く笑顔だ。

その隠し通路の奥で見つけた全属性の加護がついている守護石は、俺たちにとって無二の宝物になった。カーマインのもとに残してきたけれど、あの日の思い出と共にカーマインをこれからも守

ってくれるだろう。

俺は、あの記憶だけで充分に守られている。

今回俺がこの『聖騎士の塔』をくまなく探索できているのは、きっとあの時の経験が活きているんだろう。

「……」

ふ、と笑って目の前の隠し通路へと踏み込んでいく。

思い出に浸ってばかりいないで、俺も前へ進まなければ。

事あるごとにこうして過去を懐かしんでしまうのは仕方がない事かも知れない。

なんせカーマインとは孤児院で出会ってから十年以上もの月日を共にしてきたんだ。ふとした事であの楽しそうに笑った顔を思い出して、懐かしくなったり会いたくなってしまうのなんて当然の事だろう。

失った半身を懐かしみ、惜しむ気持ちは捨てられない。

けれど、それでも。

俺は、一人でも生きていける。

自分にそう言い聞かせる。カーマインがいなくたって、一人でちゃんと生きていけているという事実を、自分の心と体に刻み込むように、俺は今日も一歩一歩、慎重に歩みを進めていった。


ところがだ。

よろずの宿屋に戻ってくると、そんな決意も簡単に揺らいでしまった。

探索の時にカーマインの事を思い出してしまったのがいけなかったのだろうか。ベッドに潜りこんで目を閉じても、カーマインの顔がちらついて眠れない。

特に今日は、酔っぱらったカーマインの顔を思い出してしまったから、余計にたちが悪い。

なんせあの頃《ころ》は、カーマインの事がそういう意味で好きだと気づいたばかりで俺にとっても印象深い時期だったから、日々の記憶がいちいち鮮明だ。そもそもカーマインへの気持ちに気がついたのも酒場で、酔っぱらった顔とセットで思い出してしまう。

カーマインの上気した顔が脳裏に浮かんで、俺はベッドの中でほう……と熱いため息をついた。


あれは情報を得るために酒に手を出し始めた頃で、特にカーマインはよくへべれけになるまで飲んでいた。持ち前の明るさを武器に、他のパーティーの冒険者たちと酒を酌み交わし、玉石混淆《ぎょくせきこんこう》のよもやま話を仕入れてくる。

俺も酒を飲んではみたけれど、あまり美味しいとも思えず、酔えるわけでもなくて、カーマインが色んなメンツと楽しく酒をあおるのを、ちょっと離れたところから眺めるのが常だった。

そんないつも通りのある日。

カーマインに顔を寄せ、何か耳打ちしてる男がいたんだ。

酔っぱらってるからか距離がびっくりするくらい近い。くすぐったかったのかカーマインも耳をおさえて大きく身を反らしていた。

その男が笑いながら、なおもカーマインに顔を近づけて耳打ちをしようとしたのが見えて、俺は生まれて初めて自分の体中の血が沸騰するような怒りを覚えた。

俺のカーマインに。

無意識に浮かんだその言葉が、自分のカーマインに対する気持ちが既に友人を超えている事に気づかせてくれた。

足早に近づいて、カーマインの肩に腕を回して馴《な》れ馴れしく酒を注《つ》いでいる男の腕をさりげなく剥《は》がす。威嚇するような顔で振り向いた男に、にっこりと微笑《ほほえ》んでやった。

「カーマイン、飲みすぎだ」

あえて男ではなく、カーマインへと声をかける。

「明日も早いんだ、ほどほどにしとけと言っただろう?」

「あ、ライア……悪りぃ」

振り返って俺を目にした途端、へにゃ、と安心したように笑うカーマインを見て、男はチッと舌打ちをして、派手に椅子の音を立てて立ち上がるとさっさと向こうへ行ってしまった。

さらに突っかかってくるヤツじゃなくて助かった、と思いながらテーブルに金を置き、カーマインに肩を貸して立たせる。

「帰るぞ」

「うん……」

俺に寄りかかってくるのを「重い」と言いながらも幸せに感じる。

あんな誰《だれ》とも知れないヤツに、簡単に馴れ馴れしく触られるのが許せないと思うほど、俺はカーマインが好きなのだと自覚してしまったら、今まではなんて事もなかった触れ合いすら、心に温かい灯がともるようだった。

やっとの思いで宿に運び入れて、ベッドに転がそうとした瞬間。

「うわ……っ!?」

バランスが崩れたのか、俺も一緒にベッドに倒れこんでしまった。

思いっきりカーマインの上にダイブしてしまったから、カーマインはさぞかし重かったし痛かっただろう。打ち身なんかになっていないといいけど。

「悪い。どっか痛くないか？」

慌てて起き上がろうとしたら、服の裾《すそ》をつかまれた。

見下ろすと、カーマインが俺を見上げてなぜかすごく幸せそうに笑っている。

目の毒だった。

だって、さっきカーマインへの気持ちが、『友情』とか『家族愛』とか、そんな範疇《はんちゅう》に収まるものではないと気づいてしまったばっかりだ。

酔っぱらってるからだって分かってるのに、潤んだ赤い瞳《ひとみ》も、浅黒い肌にほんのりとさした赤みも、濡《ぬ》れた唇でさえも、全《すべ》てが艶《なま》めかしく見えてしまう。

「あー……なんかこの感じ、久しぶり……」

「な、なにがだ」

思わず声がうわずった。

けど、カーマインはそんな俺の挙動不審さになんて気づいた様子もなく、ねだるように囁《ささや》いた。

「ぎゅってして」

心臓がつかまれたみたいに痛い。

まだ俺たちがガキの頃、カーマインはよくこんな風にねだっていた。

ぎゅってして。

頭撫《な》でて。

どうしても寂しくなった時、親が与えてくれていた触れ合いを、ぬくもりを、求めるものだと分かっていた。

「バカ野郎……！　もう、ガキじゃないんだぞ……！」

「分かってるって……な、今日だけ」

両手を広げて、まるでベッドに誘っているみたいな素振りなのに、表情も声音も子供のようなあどけなさで、俺はもう断るすべを持たない。

「ガキかよ……！」

あえて憎まれ口をたたきながら、久しぶりにカーマインの体をぎゅっと掻《か》き抱《いだ》く。

子供の時よりもずっと骨格がしっかりして、俺を受け止める体には弾力のあるしなやかな筋肉が内包されている。俺の記憶にあるちょっとぷにぷにした子供の体とは、明らかに違う質感が、そこにはあった。

「あったけぇ〜……落ち着く……」

完全に俺を信頼して、身をあずけきっているのが嬉しくもあり、切なくもある。

俺は、カーマインの体温にさえ反応しようとしているというのに。

すぅすぅと、健やかな寝息が聞こえてきて、カーマインが眠ってしまったのが分かる。

これ以上は、無理だ。

自分の気づいたばかりの劣情を押し殺しながら、俺はそっとカーマインから体を離した。

あの日から、俺はずっとずっと葛藤《かっとう》してきた。

他愛ない話をする時の唇に、楽し気な赤い瞳に、俺の前を歩くカーマインのうなじにすら欲が湧く。その度に、触れたくて仕方なかった。

カーマインを全身で感じた一番近い記憶を鮮明に思い出してしまったせいで、その日俺は眠れぬ夜を過ごす羽目になった。

【カーマイン視点】半年後

「やっぱり……ずっと待つつもりなんですか？」

「ああ、もちろん」

なんとも複雑な表情のエリスからの問いに、オレは迷いなく頷《うなず》いた。

ライアが『聖騎士の塔』に籠《こも》ってから半年、予想通りライアは戻って来る気配なんてさらさらない。でも、そんなのライアの性格を考えたら当然すぎる事だった。

塔を攻略して戻って来るライアをこの町で待つ。

半年前にそう決めてから、オレの気持ちはもちろん、これっぽっちもグラついちゃいない。

「いつ帰ってくるかも、分からないのに？」

何度も問われた事だ。

塔に籠る期間なんて人それぞれだ。出てくるまでに何年もかかるなんてザラだって、オレは既に知ってる。

ろくに話し合う事もなく離れた相手をそんなに待つ必要があるのかって問い詰められた事もあるけど、それでも、オレはライアを待つって以外の選択肢なんてどうしたって取れないんだ。

「ま、一、二年はかかるかもなって思ってるし。十年待ってダメなら諦《あきら》めるさ、たぶん」

笑ってそう言ったら、さすがにエリスに苦笑された。

「決意は固いんですね。色々ありがとうございました」

「頑張れよ」

そんな短い会話だけを残して、エリスが去っていく。オレのもとを離れ、新しいパーティーに移って違う町へと旅立つためだ。

これは半年前から決めていた事でもある。

そもそもオレがエリスをパーティーに誘ったのは、ヒーラーで可愛《かわい》くて性格が良さそうだったからではあるんだけど、色んな町を見てみたいってとこで意気投合したのが大きかった。

ライアが『聖騎士の塔』から戻るまで何年かかるか分からない。その間エリスにもこの町で一緒に待ってくれなんて言えない。町を渡る予定の別のパーティーに入った方がエリスにとっては良いかも知れない。

そう思ってエリスに事情を話してみたんだけど、意外にもエリスは、ある程度戦闘に慣れるまでペアでいさせて欲しいと言った。

考えてみればヒーラーは低レベルのうちはパーティーでも活躍しにくいジョブだ。

体力や防御力も低いから戦闘中は魔物に目をつけられないよう、できるだけ目立たないように隠れていて、戦闘が終わったら治癒の魔法を行使する。ポーションの方がマシだと揶揄《やゆ》する冒険者もいるくらいで、受け入れ先に困る場合も多い。

けれどレベルが上がって筋力増強やスピードアップとかの補助系を覚え始めると、パーティー内での存在感は一気に増す。そうなるとどこのパーティーからも引っ張りだこだ。

声をかけたのはオレで、急に予定が変わったのもこっちの都合だ。

どうせライアが塔から出てくるまで特に目的もない。エリスが他のパーティーを見つけるまで責任持ってサポートしようって思った。

最初にパーティーに誘った時は、彼女になってくんねぇかななんて思ってたけど、そんな気持ちももちろん封印だ。恋仲になんてなった日にゃ、他のパーティーだのなんだのって話じゃなくなるもんな。

そう肝に銘じて半年間ずっとエリスを可愛い後輩として見守ってきたから、エリスが中堅どころのパーティーにスカウトされて移籍する今日は、オレにとっては大切な仕事を成し遂げた、記念すべき日でもある。

エリスを死なせる事なく、ちゃんと一人前の冒険者として送り出せて良かった。

心底ホッとした。

なんせ後輩を導こうにも、最初の頃《ころ》はオレ自身がてんで頼りなかったから。ライアがいなくなって初めて、オレはアイツが陰でやってくれてた事の大きさを知った。

宿の手配にも金の管理にも困ったし、ダンジョンに潜る時の買い出しですら抜け漏れが出る。でもなにより困ったのは、アイツが隣にいないっていう、その単純な事実だった。

いつだって傍《そば》にいて自然に目に入ってた銀髪が見えない。

オレが何か思いついたら「じゃあこうしよう」って返してくれる筈《はず》の声が聞こえない。

飯を分け合うのも、戦闘で互いを守り合うのも、くだらない事で笑いあう、そんなささいな事さえもできない。

それを日々のちょっとしたでき事の中で感じる度に、地味に精神が削《そ》がれていく。

半年も経《た》つのに全然慣れない。オレはたぶん、気がつかないうちに随分とアイツに依存してたんだろう。きっと、ただ傍にいるだけで良かったんだ。

エリスも去っていよいよ一人になると、気楽ではあるけれどちょっと気も抜けた。

ダンジョンに潜る差し迫った理由もなくなったワケだし、今日はダンジョンには潜らず久しぶりにちょっと骨休めでもするか、と特に何にも考えずに歩いていたら、視線の先に『聖騎士の塔』が聳《そび》えている。

あの場所でライアは、今日も一人で魔物と戦ってんのかな。

ソロでやっていくのはペアやパーティーよりずっとずっと危険が多い。きっととっくの昔に回復系のアイテムなんて底をつきただろう。アイツが使える回復系の魔法で癒せないくらい酷《ひど》いケガなどしていないだろうか。もしかして出たくても出られない、なんて事になってたら……。

次から次に浮かんでくる心配が、今まであえて考えないようにしてたある考えをオレに押しつけてくる。

もしも……もしも、どれだけ待ってもライアが帰ってこなかったら？

その最悪な想像に、思わず身震いした。

聖騎士の塔に登ったっきり、帰ってこないヤツも多い……つまり、死んじまったヤツも多いって事だ。そんなの冒険者になった瞬間から覚悟してた筈だった。

オレら冒険者の毎日はいつだって死と隣り合わせで、オレやライアの親みたいに、いつ『帰らない』状況になったっておかしくないんだ。

でも。

それは自分の目の前で起こる筈の事だった。

ライアか、俺か。

どっちが先かなんて分かりゃしないけど、相手の最期を看取るのはお互いの筈だって思ってたんだ。こんな風に離れ離れで、オレのいないところでライアが命の危機に晒《さら》されるなんて場面、昔だったら考えた事もなかった。

ライアはオレと違って慎重なヤツだ。そう簡単に死んだりしない。

いつもはそう信じて「オレも負けないように頑張らなきゃ」って自分を励まして前に進める。でも、こうしてたまに……本当にたまに、不安で不安でどうしようもなくなる時があるんだ。

「せめて、生きてるって確信が持てればな……」

無理な事とは分かっていながらそんな事を考えつつ歩いてたら、いつの間にか『聖騎士の塔』の前まで来ていた。

オレってバカだな。

不安になると無意識にこの塔に来ちまうの、どうにかなんないだろうか。

「おっ、また来たのか」

「まだ出てきてねぇぞー」

門番のおっちゃんたちがめざとくオレを見つけてからかってくる。月に二、三回はこんな感じで吸い寄せられるみたいに塔の前に来ちまうもんだから、今やすっかり顔馴染《かおなじ》みだ。

「あーあーもう、そんなしけた顔すんなって」

門番のおっちゃんたちから慰められる。オレはそんなにしけた顔をしてるんだろうか。いや、してるんだろうなぁ。さっきまで思考がマイナス方向にぐいぐい傾いてたもんな。

「まあなぁ、心配なのは分かるけどよ。お前の相棒、入ってからどれくらい経つっけか」

「ざっと半年」

「うーん、まだかかるかもなぁ。ホントに三ヶ月もしないうちに出てくるヤツもいるけどなぁ、戻ってくるヤツは一年以上ってのが多いもんなー」

「知ってる」

『聖騎士の塔』をクリアしたらギルドに報告する義務があるらしくって、オレはもう何回もギルドで『聖騎士の塔』での武勇伝を肴《さかな》に飲み明かす集団を見てきた。

上位の聖魔法を覚えて帰ってきたヤツなんて、本当に年単位で籠ってたヤツらばっかりだ。それは、ライアもきっとまだまだ塔から出てこないだろうって落ち込む原因でもあるし、一方で、だからきっといつか戻ってくるっていう希望でもある。

「ライアは慎重派だから、たぶんもっとかかるんだよ」

「だなぁ、時間はたっぷりあるって言ってたあのイケメン兄ちゃんだろ？　ありゃあ長いぜ」

ライアを思い出しているんだろう、考え込むような顔で門番のおっちゃんたちがうんうん、って頷き合ってるのを見ながら、オレは大きくため息をついた。

「せめてさぁ、生きてるって分かるだけでも安心できるのに」

言ってから、あっと思った。

「そうだ、おっちゃん！」

「誰《だれ》がおっちゃんだ！」

あっ、つい心の中での呼び名がそのまま出た。……じゃなくて！

「それよりさ、塔に入るヤツらってすぐ出てきそうとか長くかかりそうとか、やっぱりおっちゃんたちには分かるもんなのか？」

「説明する時の反応で大体はやっぱり分かるよなー」

「この仕事長いしな」

「ならさ、短時間でのクリアを狙《ねら》ってるヤツらにさ、塔の中でライアを見かけたら教えてくれるように依頼できないかな」

「あの兄ちゃんならまぁ、イケメンだし特徴的だから頼んどきゃ分かって貰《もら》えるかもなぁ」

「ま、依頼を受けてもいいってヤツが運良くいたら、程度だぞ。あんまり期待するなよ」

門番のおっちゃんたちはなんか「可哀想《かわいそう》に」って感じの顔をしてオレを見るけど、オレ自身はさっきからしたらぐんと気持ちがラクになった。

「うん！　それは分かってる。でも、いつかライアの情報が貰えるかもって希望が増えるだけでも、気持ちが全然違うからさ」

情報が貰えるとしてもまだ待たなきゃいけないだろうって事も分かってる。仮に情報が貰えたとして、それが正しい情報だっていう保証がないのも分かってる。報酬目当てに見たって言うヤツが出たっておかしくないんだから。

でも。それでも。

ライアについての情報なら、その端々に見え隠れするだろうアイツらしさを見分けられる自信があった。情報さえ貰えれば、その真偽は自分で判断すればいい。

「頼むよ。本当に心配なんだ」

「まぁなぁ、そりゃあお前見てりゃ気持ちは分かるけどなぁ」

おっちゃんたちは二人で顔を見合わせてから、しょうがねぇかって表情で頷《うなず》き合う。

「そこまで頼まれちゃあ、しょうがねぇなぁ」

「じゃあまぁ、今度から塔に登る冒険者たちに、一声かけといてやるよ」

眉《まゆ》を下げた困り顔でおっちゃんたちがそう約束してくれる。

「マジか！　本当にありがとう！　今度、差し入れ持ってくるよ！」

「気にすんな」

「ありがとー！！！」

思わずおっちゃんたちに大声でお礼を言って、オレは嬉《うれ》しさのあまり駆け出していた。突き動かされるように勝手に足がどんどん前に前に進んでいく。

こんなに走り出したいくらい嬉しい気持ちなんて久しぶりだ！


ひとつ大きな問題が片付くと、現金なもんで急にやる気が出てきた。

これまでエリスのレベルに合わせて危険の少ない階層を中心にチャレンジして来たけど、よく考えたらライアは聖騎士の塔で、一人で高レベルの魔物とも戦ってるんだよな。って事は、格段にレベルアップしている筈だ。

せっかくライアが戻って来ても、実力がうんとかけ離れちまったら、さすがに一緒に行こうなんて言いづらい。

そうだよ、オレはオレでライアがびっくりするくらい、強くなってておかないと。

半年の差はデカい。既に結構な遅れをとっている筈だ。

明日からはめちゃくちゃ装備を整えて回復薬だって大量に準備して、ダンジョンのできるだけ深くに潜ろうかな。なんなら一週間や二週間潜りっぱなしでがっつり時間をかけたっていい。オレ一人なら、少々無茶な籠《こも》り方だってできるんだから。

しばらくダンジョンに籠ろうと決めてしまったら、ふと、その前に娼館に行っといてもいいかな、と思いついた。

ライアが『聖騎士の塔』に突然籠っちまってから、ショックのせいかなんかもう色々な事にやる気がなくなっちまってて、酒を飲んでも美味《おい》しくないし、町を歩いてても気分が上がらない。

結果、以前だったら酒盛りした後のノリでよく足を運んでた娼館にも、この半年はめっきり行かなくなってしまっていた。

でも今日はめちゃくちゃに気分がいい。久々に生きてる実感がある！

今日くらいは娼館でハメを外してもいいんじゃないか？　それでスッキリした頭と体で、明日からはダンジョンに籠りっきりでレベルアップすればいい！

そうだ、それがいい。

「よっしゃ、そうと決まれば早速行くか！」

うきうきした足取りで、暗くなってきた町の中を歩く。

スキップでもしたいような気分だったけど、さすがにそれは我慢した。薄暗い中で煌々《こうこう》と妖しげに煌《きら》めく通りに足を踏み入れ、馴染《なじ》みの店に吸い込まれるように入っていく。しばらくぶりだけど、今日は好みの女の子はいるかな。スレてない雰囲気の、全体的に華奢《きゃしゃ》な感じの子がいい。

久しぶりの色町の匂《にお》いに心が躍る。


でも、うきうきと心躍るような楽しい時間はそこまでだった。

料金分の時間よりだいぶ早めに店から出たオレは、がっくりと肩を落とし、とぼとぼと宿へと帰る。その足取りは、来た時とはまるで違う重っ苦しいものになっていた。

「嘘《うそ》だろ……」

全っっっ然！！！　楽しめなかった！

いや、勃《た》つには勃ったし、ヤル事はヤッた。

でも。

ベッドの上で手を差し伸べて誘ってくる女に、ライアの顔がダブって見えるんだ。

アイツの、困ったみたいな、笑顔。

一回思い出すともうダメだった。

オレが娼館に行く度にアイツは寂しく思ってたのかなとか、本当はオレとこんな風に肌を重ねたかったのかなとか、アイツの薄くて淡い色の唇とか、今思い出すべきじゃない事ばっかり頭に浮かんできて全然集中できない。

頭の中から追い出そうと、目を瞑《つぶ》って頭を振ってみたけど、むしろ目を瞑った方が鮮明にライアの顔が浮かんでくる。

女の肌の白さが目立つようになのか深い紺色のシーツに散る髪を見て、これがライアの銀髪なら、ライアの白い肌なら、きっともっと綺麗《きれい》だろうなんて気がついてしまえばもうおしまいだ。

女の反らされた喉《のど》に、アイツの滑らかな喉や白い首筋がダブる。

だってしょうがないだろう。

オレの方が背が低かったから、きっと目線が無意識に喉にあったんだ。アイツの首筋も喉も、なんでだか日にも焼けないで真っ白で綺麗だった。きっと指先で触れたらしっとりと滑らかかな……いやいやいや。

危ない思考に焦って、女の細い腕やたわわな胸に意識を集中させてはみたものの、どうしてかぐっとこない。そのうちオレの下で喘《あえ》ぐ女の姿や声すらも鬱陶《うっとう》しくなって来た。

代わりに「カーマイン、好きだ」って小さく呟《つぶや》いたライアの、切なそうな、苦しそうな顔が脳裏を占領する。


初めてライアがオレに気持ちを打ち明けた時、アイツはボロボロに泣いてた。

前の町のダンジョンで、一回だけ脳震盪《のうしんとう》を起こして気絶した事がある。

重量級のリザードマンを仕留めた時、ヤツが最後の力を振り絞ってしっぽで強烈な一撃を放ったんだ。オレはまともにくらっちまって、吹っ飛ばされて壁に叩《たた》きつけられた。

気がついたら、ライアが泣きながらオレを見下ろしてたんだ。

ほっぺたにアイツの涙がボタボタ降ってきて、ああ、心配かけちゃったんだな……って分かった。

「良かった、生きてた……！」

「ごめん……心配かけた」

謝るオレに、ライアは絞り出すみたいな小さな声で言ったんだ。

「カーマイン、好きだ」

また、オレの顔に涙がボタボタと降ってきた。

「好きだ……好きだ。カーマイン、頼むから死なないでくれ」

呆然《ぼうぜん》と見上げたら、ライアの翡翠《ひすい》みたいな瞳《ひとみ》が涙でキラキラ光ってた。苦しそうに顔をゆがめて、薄い唇だって色をなくして震えてる。

それでも、息をのむくらいに綺麗だった。

アイツのあの時の顔を思い出した瞬間、オレの愚息は急に一気に元気になった。その勢いでフィニッシュしたものの、オレの心中は混乱と焦燥でいっぱいだ。

「……！」

まさか今、オレ……目の前の綺麗なお姉さんより、記憶の中のライアに反応した……？

このままじゃヤバいと思ったオレは、まだ時間も残っているというのに早々に行為を切り上げた。

まったくもう、なんなんだよ。娼館でアイツの顔が浮かんで困るだなんて初めてだ。

やっぱりアイツがいなくなってから、四六時中アイツの事ばっか考えてるから、あんな時にまで思い浮かぶのかな。

はぁ、とひとつ大きなため息をつく。

しばらく娼館はいいや。ダンジョンに潜って真面目《まじめ》にレベルアップに勤《いそ》しもう。

【ライア視点】忘れてくれ

苦戦していた。

『聖騎士の塔』も四階ともなると、これまで遭遇した事のない恐ろしげな敵にもエンカウントするようになる。古びたレンガが寄り集まって生命を持ったようなゴーレムは、魔法も効かずソードスピアの斬撃も効きにくい。

幸い塔で稼いだ金をほとんど注《つ》ぎ込んでソードスピアを買い替えたばかりで、柄の部分もミスリルほどではないが軽くて高い硬度を持つ特別な金属で作られていたのが助かった。

柄の部分を棍《こん》のように使って打撃でダメージを与えていく。

ところがだ。足を突《つ》き崩しても腕を突き崩しても、その崩れた形状のまま、また引き寄せられるようにゴーレムは元の形に戻っていく。

目の前には、最初に現れた時に比べればだいぶ崩れたレンガでできた、それでも五体満足のゴーレムが形成されている。どうやったら勝てるのか分からない。

振り下ろされる腕を避けながら、必死で考える。

あの崩れたレンガを引き寄せている、核みたいなものがあるんじゃないのか。

幸いゴーレムは力は強そうだが俺に比べればだいぶノロい。相手の攻撃を避けながらじっくりと観察してみたら、人間でいう心臓のあたりが淡く光っているのが見えた。

「そこか！」

振り回される腕を掻《か》い潜《くぐ》り、淡く光るところをぶち抜く。

ゴーレムはガラガラと崩れ落ち、生命のないただのレンガの集まりになった。

「……良かった」

はぁはぁと荒い息をつきながら、心の底からの声が出る。これでゴーレムの攻略法がなんとか見えた。これから先はこうやって頭を使いながらでないと倒せない敵も出てくるんだろう。

見るともなくレンガの山を見ていると、その中に明らかに異質な黒くて丸い物体があるのが見えて、ああこれがゴーレムの核か、と思い当たる。せっかくなので採取して、いつものルーティンで聖力メーターを見た俺は、驚いてちょっと声をあげた。

メーターの数値が明らかに上がっている。俺は思わず、小さくガッツポーズした。

その横のうす青く光るバーみたいなものも、若干増えているような気がする。ゴーレムは聖力の多い魔物なのか。それは倒す甲斐《かい》がある。これからは見つけたら積極的に倒すようにしよう、と決めて俺はまた歩きだした。

聖力メーターは全体の四分の一くらいは貯《た》まってきただろうか。聖龍様は貯めた聖力が多いほど高レベルの聖魔法を教えてくれると言っていた。魔物を倒してもこんなに多くの聖力が入手できる場合があるのなら、意外と早く貯まるかも知れない。

四階の探索も終わり、よろずの宿屋へと続く階段の前までやってきた俺は、そのまま素通りして最奥の袋小路へと入る。塔はその階ごとに造りも広さもトラップも違うけれど、この最奥の階段から先だけは同じ造りだった。右に右にと折れていき、最後は袋小路。

そしてそこの天井の色が違う石を押せば、聖龍様が現れる。

「素晴らしい！　四階層も完璧《かんぺき》にクリアしたな」

聖龍様はいつも褒めながら登場するんだな。そんなちょっとした事に可笑《おか》しみを感じる。

塔の中に随分長いこと潜っている俺にとっては、こうして聖龍様と語らう僅《わず》かな時間や、数日、数週間ぶりに宿屋へ戻った時の他愛ない世間話や情報交換がなにより癒《いや》される時間だった。

「うむ、四肢の欠損もないようでなによりだ」

「さすがに魔物も強くなってきて、ヤバい時も多いですけど」

俺も苦笑しながらそう返す。聖龍様との会話もだいぶ慣れてきて、もう緊張はしなくなっていた。

「ソロなんで、これでもかってくらい慎重に進んでます」

とはいえ、たぶんこの塔に入ってから軽く半年以上は時が巡っているだろう。一人での戦闘にもだいぶ慣れて来た。魔物が集団で出た時やものすごく戦いにくい相手が出た時は、さすがにカーマインがいてくれればと思ってしまうけれど、この決断をしたのは俺だ。

「うむ、戦闘は厳しかろうな。金を惜しまず武具と補助具に頼った方が良い。私の塔は良いものが揃《そろ》っているからな」

「はい」

確かにその通りだった。よろず屋といいつつ、武器や防具もかなり幅広い職種に対応しているし、質も良い。そしていざ魔物から逃げたくなった時に使えるようなアイテムや、回復系のアイテムもしっかり揃ってる。……高いけど。

「それにソロでいい事もある。聖力の貯《た》まりは早いから、それは利点だろう」

「えっ、人数で違うんですか」

「うむ。手に入れた聖力はその時いる者に分配されるのだ。お前と同じ動きをしても三人パーティーなら各々三分の一程度しか貯まらぬ。早く最上階に到達はできるだろうが、教えられる魔法は自然と少なくなるのだ」

「なるほど……」

四階をクリアして、丹念に探索している俺でさえ聖力メーターはやっと三分の一を超えたところだ。さらにこの三分の一っていったら確かに厳しいな。

「して、どういった時に聖力が貯まるかは理解できたか？」

「はい、概《おおむ》ね。壁の石や蔦《つた》、苔《こけ》などに貯まっている場合もありますし、宝箱からはランダムで手に入るようです。カラでも中身がある宝箱でも聖力はあったりなかったり色々でした。魔物を倒しても入手できますが単純に強さに連動しているわけではないようです」

「ほう。なぜそう思った」

「ゴーレムや浮かんでいる球体からはかなり多くの聖力が得られますが、戦闘力はもっと高い魔物がいくらでもいますから」

「……そうか」

なぜか微妙な顔をされてしまった。何か間違っていたんだろうか。

「ああいや、その球体は冒険者を助ける目的で配置しているのだが、確かによく倒されてしまうのでな。なぜ敵と認識した？」

「ちくちく刺してくるので……」

「ああ、回復効果はランダムだからな……うむ、善処しよう」

あの丸いの、回復してくれるヤツだったのか。めちゃくちゃ倒してたんだけど、なんだか悪いことをしてしまった。

密《ひそ》かに反省する俺とは逆に、聖龍様は妙に納得したように頷《うなず》いている。

「いやしかし、おぬしは本当によくよく観察しているのだな。感心した」

聖龍様が嬉《うれ》しそうに微笑《ほほえ》む。

「ちなみにこの四階での私からの褒美は」

あ、やっぱり今回もくれるのか。

聖龍様は毎回こうして何かしらご褒美をくれる。その階層を探索し尽くしてこの最奥まで辿り着いた褒美だと言うんだけれど、毎回貰《もら》うとちょっと申し訳ない気もしてくる。ただ、本当に便利なものをくれるから、ありがたいのは間違いない。

「さっきおぬしがちょうど言っていた、『ちくちく刺してくる浮かんでいる球体』なのだが、貰ってくれるか？」

「えっ、あ、色違い」

これまで見た球体はどしゃ降りの時の雲の色みたいにくすんだ灰色だったけど、この球体は聖龍様の髪や翼みたいな白銀で、心なしか優しい光を放っている。

「能力も野良《のら》よりは高いぞ。受け取るならば名をつけてやってくれ。それでおぬしを主と認識して命令に従うようになる」

「そんな事ができるんですか!?　ええと、じゃあ……」

うっかりカーマイン、と言ってしまいそうになったけれど、ぐっと堪《こら》える。どう見てもカーマインって色じゃないしな。ただの球体なのに、どことなく俺が名前をつけるのを期待してくれているようにも見えてちょっと可愛《かわい》い。

「じゃあ、名前はキューにします」

「うむ。呼んでみるがいい」

「キュー、おいで」

手を差し伸べてみたら、キューは空中で二回くらいぴょんぴょんっと跳ねて俺の胸元にピュンッと飛び込んで来た。可愛い。

「ちゃんと名を認識できたようだね。この子は聖属性の回復系や補助系の魔法はいくつか持っているから、色々試しながら絆《きずな》を深めていきなさい」

「ありがとうございます！　仲間ができたみたいですごく嬉しいです……！」

「気に入ってくれて良かった。大事にしてやってくれ」

そう話している聖龍様の姿がふんわりとぼやけ始める。これは、聖龍様との会話が終わりに近づく合図だった。寂しいけど、こればかりは仕方がない。

消える直前、ふと聖龍様が顔を上げた。

「おぬし、名はなんという」

「ライアです」

「うむ、覚えておこう」

その言葉と共に聖龍様の姿は完全にかき消える。そういえば、名前を聞かれたのは初めてだった。

後には俺とキューだけが残されている。

ふよふよと俺の顔の横あたりで浮かんでいるキューを軽く撫《な》でて、俺は声をかけた。

「行こうか」

嬉しそうにちょっと跳ねてから付いて来るのが可愛い。本当にいい相棒になれる予感がした。

もちろんその日はそこで探索も終了だ。明日の朝から五階にチャレンジする事にして、キューと共によろずの宿屋に久しぶりに帰る。

「いらっしゃ……あー！　ライア、お帰り！」

「もう七階の宿屋の方に行っちゃうのかと思ったよ。帰ってきてくれて嬉しい！」

よろずの宿屋の看板娘サクと、その弟のロンが満面の笑みで迎えてくれる。今日もふわふわ赤毛とそこから飛び出している猫耳が可愛い。

「俺なんてまだまだだよ。いきなり七階まで行くのは危険な気がするし、ここは居心地《いごこち》がいいからたぶんもう少しお世話になると思う」

「なら嬉しいなぁ」

「三階ってやっぱりお客さん少ないんだよねぇ」

それは分かる。三階くらいまでは宝箱の中身も大した事はないし魔物も弱い。普通はさっさと上階に登って、実入りがよく経験値も稼げそうな場所で鍛錬するものだ。七階はその過程で奥まで入り込むから、宿を見つける確率が高いとか、そういう事なんだろう。

「あれ、ライア……これって」

ロンが俺の隣でふよふよと浮かんでいるキューに目をとめた。

「ああ、ついさっき聖龍様から貰った。キューって名付けたんだ、これからは俺の相棒になる」

「へぇ、使い魔貰えたんだ。良かったねぇ」

「そっか、ライアはソロだもんね。聖龍様ってホントその人に合ったご褒美をくれるわよね」

「人によって貰えるものが違うのか？」

驚いて思わず尋ねたら、「もちろん」と返ってくる。

「聖龍様はそういうとこ、丁寧だよねぇ。ね、キューちゃん」

「そうか、聖龍様はマメな方なんだな」

サクがキューを撫でてくれる。二人が聖龍様、聖龍様って呼ぶから、俺もいつの間にか様付けで呼ぶようになっていた。

美味《おい》しい飯を食ってひとっ風呂《ぷろ》浴びたら久しぶりのベッドだ。

キューにもタオルをかけてやって「おやすみ」なんて言ってみた。寝るのかどうかは知らないが、大人しくしているから問題ないだろう。電気を消してフカフカのベッドと枕の感触を楽しんで……すぐに眠気がやって来るかというとそうでもない。

外敵がいない静かで守られた環境になると、途端に思い出すのがカーマインの事だった。目を閉じているのに思い出すのはあいつのことばかり。自分から別れを告げてこうして塔にまで入ったというのに、大概俺も執念深い。自分でも苦笑が漏れる。

笑った顔、怒った顔、泣いた顔、困った顔……カーマインの色々な表情が閉じた瞼《まぶた》の裏で躍る。泣いた顔なんて子供の時に見たっきりだったから、泣き顔だけは子供の時のままのカーマインで再生されるのが年月を感じて可笑しかった。

仕方ないよな、だってこんなに好きなんだ。そう簡単に忘れられる筈《はず》もない。

何かを思いついて「一緒にやろうぜ」ってキラキラした顔で誘ってくれる時の顔が一番好きだった。カーマインの思いつきを叶《かな》えたくて、俺はいつだって一生懸命だった。

「カーマイン……」

エリスとは恋人同士になれたんだろうか。

カーマインは、恋人にどんな風に触れるんだろう。あいつでも、色気のある顔をするのかな……。

カーマインの悩ましい姿を想像したら、心臓がどくん、と高鳴って一気に体が熱を持つ。

はぁ、とひとつ熱い息を吐き、暗闇《くらやみ》の中俺は自身の股間《こかん》に手を伸ばした。困った事に、この塔で宿屋に泊まるようになって初めて、俺は自慰に耽《ふけ》るようになっていた。

これまではカーマインといつも一緒だったから、そういう欲望は鉄の意志で抑え込んでいたわけだが、今は一人だ。一度味を覚えてしまえば、もう知らなかった頃《ころ》には戻れない。

まぁ、それで咎《とが》める者もいなければ誰《だれ》が迷惑するわけでもない。

俺はカーマインの顔を思い浮かべながら、股間のモノにゆっくりと刺激を与えていく。

いつもキラキラして好きだったカーマインの真《ま》っ赤《か》な瞳《ひとみ》。あの瞳が潤んだら……もしも情熱的に見つめられたら、どんなに幸福な気分に浸れるだろうか。

ちょっと肉厚なあの唇に触れてみたかった。

あの健康的な浅黒い肌に手を滑らせたら、どんな感触がしたんだろうか。

舌を這《は》わせ、小さな胸の粒に触れたら、いったいカーマインはどんな反応をしてくれたんだろう。

体中触って、撫でて、キスして、舐《な》めて……俺よりもちょっと高い声で、カーマインの喉《のど》から気持ちよさそうな声が漏れ出る様を想像するだけで股間はどんどんと高まっていく。

宿に入るとすぐに惜しげもなく晒《さら》される上裸。

見たい気持ちと見てはいけないという気持ちでいつも葛藤《かっとう》していた。旅先でたまに一緒に風呂に入るような場面になったら、必死で心を無にして耐えた。

こんなにも長い年月一緒にいて、裸体を充分に見た事もないのが逆に自分の想いの深さを表しているようで少し笑える。あの頃は、カーマインの裸体なんて見てしまったら、自制心が一気に崩壊する気がして怖かったんだ。

愛《いと》しい相手の肉体もろくに知らない、娼館に行った事もない。そんな俺の想像力じゃどうにも限界があって、肌を合わせる戯《たわむ》れ程度しか思い浮かべられない。けれどそれで充分だった。

忘れられない愛しい人に触れて、触れられて……それだけでいい。

手強《てごわ》い敵を倒したあと、カーマインは汗で濡《ぬ》れた髪を額に張り付かせて「やったな」と屈託なく笑ってくれた。俺はあの誇らしげな顔が好きだった。

上気した頬《ほお》も額の汗もどこか艶《なまめ》かしくて、本当はそのままキスしたかった。

想像の中で、俺はカーマインの唇に噛《か》みつくようにキスをする。

きっとカーマインは驚いて抵抗するだろう。でも、抵抗のために開いた唇の隙間《すきま》から、強引に舌をねじ込んでカーマインの中に押し入っていく。あの白い歯の奥にある舌の味を確かめたい。口の中で逃げ回る肉厚な舌を無理矢理捉《とら》えて、ぬるんと舌を巻きつけた。

その瞬間、手の中が熱くなる。

吐精していた。

カーマインと熱いキスをする想像だけでイケる事に笑ってしまう。これだから童貞は、と内心自分を揶揄《やゆ》しつつもう一回風呂に入って、今度は大人しく眠る事にした。

カーマインを忘れたいと願いながら、新しく得たこの甘美な時間が捨てられない。いつかは俺のこの愚かな心にも変化が訪れるんだろうか。

五階を抜け六階に主戦場を移してどれくらい経《た》ったのか。

だいぶ六階の魔物の強さにも慣れて来て、宿屋から遠出できるようになって来た頃だった。

それまでにマッピング済みのところは正ルートを辿《たど》り、三日ほどかけて六階の中程あたりに来た時、向こうから来たパーティーからいきなり声をかけられた。

「もしかして君、ライア?」

「……誰?」

反射的に返事をしたものの、まるっきり見覚えのない顔ばかりで困惑する。本当に誰だ。

「あー、やっぱりアンタがライアか!」

「確かに銀のサラサラストレートに緑の目のシュッとしたイケメンだ。ソードスピアも持ってるもんな、間違いねぇ」

「いや、マジでイケメンだなぁ」

「え、ていうかなんで薄汚れてねぇの? むしろいい匂《にお》いがする」

賑《にぎ》やかな四人組のまだ若いパーティーだけど、本当に見た覚えもない。この言いっぷりだと、どうやら俺と顔見知りというわけでもないらしい。

「すまないが、顔見知りではないよな? なぜ俺を知っている?」

改めて聞き返すと、リーダーらしき魔術師の男がごめんごめんと謝ってくれた。人好きのする笑顔の男だ。

「塔に入る時にさ、門番たちに頼まれたんだよ。アンタの特徴と名前だけ伝えられてさ、もし塔の中で会ったら教えてくれってさ」

「そうそう。なんかアンタの相棒が、せめて生きてるかどうかだけでも知りたいんだってさ」

「君、随分長い間塔に籠《こも》ってるんだろ？　そりゃ相棒は心配だよな」

めちゃくちゃ喋《しゃべ》る四人組からもたらされる情報に、俺は目を白黒させるしかなかった。

相棒って……カーマインが俺を心配して……？

「良かったら伝言届けるよー」

そんな軽い口調でもたらされたありがたい申し出に、俺は急いで手紙をしたためた。


心配してくれてありがとう。

運良くケガもなく順調に攻略は進んでいる。

けれどまだまだ時間がかかりそうだ。

ろくに話し合いもせずに勝手な事してごめん。

俺の事は忘れて、新たなパートナーとたくさんの町を巡って人々を救ってくれ。


そんな事を書いたと思う。

いつ魔物が現れるか分からない中、厚意で伝言を届けてくれるという彼らをあまり待たせるわけにもいかなくて、どうしても伝えたい事だけを必死で書いた。

彼らと別れてから、ようやく落ち着いて考えられるだけの思考能力が戻ってくる。

塔に入ってから随分経ってしまって、すっかり時間の感覚があやふやになっているから正確には分からないけれど、きっとカーマインと別れてからもう半年……いや、もしかしたら一年近く経っているんじゃないかと思う。

まさか、カーマインがまだ俺の事を心配して、気にかけていてくれたなんて。

申し訳ないと思う気持ちのどこかで、嬉《うれ》しい気持ちも確かにあった。

けれどカーマインには色んな町を渡ってたくさんの人を守るって夢がある。俺が心配でこの町に留《とど》まっているのはカーマインの本意ではない筈だ。なんとかしてその心配を拭《ぬぐ》いたかった。

あの手紙を読んで貰《もら》えるなら、俺が一人でもなんとかやっていけてる事も分かって貰えるだろう。

待たなくていい。

いや、もう待たないでくれ、カーマイン。

塔に籠ればカーマインへの報われない恋心も昇華できるかと思っていたけれど、むしろ今ではお前を想《おも》いながら自慰する事まで覚えてしまった。ぶっちゃけ悪化している。

本当に俺は身勝手で、往生際の悪い、どうしようもない男だ。

ごめんカーマイン。

さよなら。

声も届かないのに、何度も呟《つぶや》いていた。

【カーマイン視点】朗報

「クエスト完了……っと」

ダンジョンの中層の中でも奥の方でしか採取できない鉱石を、動きが鈍らない程度の量確保したオレは、そこで探索を終了して地上へと向かう。

今回受けてたいくつかの依頼分はこれで全《すべ》て完了だ。いったん町に戻って新たな依頼と物資の確保をした方が効率がいいもんな。

次はもっと深い階層での依頼を受けてもいいかも知れない。ソロでの動きにも慣れて、中層なら危なげなく進めてるし、そろそろチャレンジしてもいい頃《ころ》だ。ああでも、もっと深い層に行くなら今の装備じゃちょっと心許ないかもな。本当は買い替えた方がいいのかもしんねぇけど。

ライアが選んでくれて、その時のオレらのほぼ全財産をはたいて買ってくれた剣。

金を自分で管理するようになったら余計に、その決断がどれほど重いかが分かる。アイツ、自分の装備はいつだって後回しにして、オレにできるだけいい剣や防具を揃えてくれてたんだ。そう思うと剣も防具も大切すぎて替えられなかった。

でも、ライアが『聖騎士の塔』に入っちまってからもう軽く一年以上が経っている。

毎日使い込んだ剣はかなりガタが来ているのも事実で、強力な魔物の硬い外皮と対決するには荷が重い。買い替えるべきだよなぁ、なんて考えていたらいつの間にか町まで戻って来ていた。

依頼の報告のためにギルドに向かおうとしていたら、急に声をかけられる。

「カーマイン！」

「おーい、ちょっとこっち来い！」

『聖騎士の塔』の門番のおっちゃんたちがなんか大きく手を振ってる。

またお菓子でもくれるんだろうか。しょっちゅう塔に行ってたもんだからすっかり仲良くなった。

オレをガキだと思ってるらしいおっちゃんたちは、時々こんな風に呼び止めてお菓子をくれたりする。オレも時々差し入れするから、ま、持ちつ持たれつか。

「おっ、ダンジョン帰りか」

「良かったなぁ、すれ違いにならなくて」

「どうかしたのか？」

「どーもこーもねぇよ！　ついにお待ちかねの情報が入手できそうだぞ！」

その言葉を聞いた途端、俺は頭が真っ白になった。

「おいおい、聞こえたかぁ？　お前の相棒、生きてたってよ！」

「ラ、ライアが？　ホントに……？」

声も、体も、足も震えた。

生きてるって信じてた。時間がかかってもアイツの事だから無茶なんてしないで、ちゃんと慎重に慎重に登ってるだけだって。

でも、何が起こるのか分からないのが冒険者だ。オレの家族もアイツの家族も、きっと思いもかけない事が起こって帰れなくなったんだ。

そう思うと怖かった。

アイツまでオレの前から突然消えて、二度と会えなくなるのかって恐怖が、振り払っても振り払っても浮かんできて、夜中に飛び起きる事だって数え切れないくらいあった。

良かった。

本当に、生きてて良かった。

「そう言ゃぁなんか、あのイケメン兄ちゃんから預かってるモンがあるって言ってたなぁ」

「えっ、ライアから？」

って事は、まさかライアと話したって事なのか？

「できれば直接渡したいから、ギルドで声をかけてくれってよ。まだあとひと月くらいはこの町にいるって言ってたから、ギルドのヤツらに聞けば分かるだろ」

「ホントに!?」

それなら願ったり叶《かな》ったりだ。元々もしライアの情報を持って帰ってくれるヤツがいたら、ライアの様子を少しでいいから教えて欲しいと思ってたんだから。

「良かったな。まだギルドにいるかもしんねぇから、さっさと行ってこい」

「ありがとな！　今度おっちゃんたちの好きな酒、一本ずつ持ってくる！」

「ばーか、ガキが気ぃ遣うんじゃねぇよ」

「だって嬉しいからさ！　あ、仕事中は飲むなよ！」

そう軽口を叩《たた》いたオレは、そのまま一目散にギルドへと走る。依頼物の鉱石なんかもいっぱい持ってた筈《はず》なのに、重さなんて感じないくらい、オレの気持ちは弾んでいた。

ギルドへ着くと、まずは受付で『聖騎士の塔』の攻略者情報を確認する。どうやらギルド付属の酒場で陽気に祝杯をあげているあの男ばっかの四人組らしい。

声をかけてみたら、めちゃくちゃ一斉に喋ってくる。

「おお、お前が依頼者だったんか！」

「心配しなくてもライアってヤツ、ピンピンしてたぜぇ！」

「いや心配はするだろ」

「でも一年以上塔にいるって聞いてたのに、薄汚れてもいねぇし病んだ感じもまったくなかったよ。聞いてた通り……いや、それ以上だったよな」

「そうそう、サラッサラの銀髪でさぁ、肌も白くて男だっつぅのになんか色っぽかったよなぁ。ありがとうって微笑《ほほえ》まれた時にはちょっとテンション上がったぜ。正直言ってちょっとコナかけようか迷ったもんなぁ」

聞き捨てならないセリフを吐く魔法剣士っぽい男をつい二度見したら、隣にいた治癒術師らしき男がすかさず頭に一発お見舞いする。ちょっとスッとした。

「ばーか。手ェ出してみろ、返り討ちにされらぁ。白銀の鎧《よろい》にごっついソードスピア持ってたぞ。

あれ絶対に高価《たか》いヤツだ。なんか塔に出る魔物も従えてたし」

「ま、魔物……？　それ、ホントにライアか？」

さらにもたらされる驚きの情報に、聞き返さざるを得ない。

「間違いねぇよ、アンタが心配してるっつったら驚いてたぜぇ」

「その感じじゃアンタら二人っきりのパーティーなのか。そりゃあ心配だよなぁ」

「あ、ほら預かってたヤツ渡してあげなよ」

「ああ、そうそう。手紙な」

「手紙!?」

耳を疑った。まさか手紙まで貰ってきてくれるなんて。

ゴソゴソとあっちこっちのポケットを探してる様子すら待ちきれない思いだ。早く、早く見たい。

ライアの痕跡《こんせき》を少しでも感じたかった。

ポケットじゃなくて結局はポーチから出てきた手紙は、マッピングに使う紙の切れっ端を折り畳んだだけのもので、それがいかにもアイツらしい。

「ライアだ」

アイツが使いやすいって言ってたお気に入りのマッピング紙。新しいダンジョンに挑む時はいつも大事そうに持ってた。ああ、間違いなくライアだ、と思うと心が跳ねる。

「ありがとう……！」

ちょっと泣きそう。

「かーわいいねぇ、手紙握りしめちゃって」

急に頭を撫《な》でられて、ぎょっとして見上げたらさっき殴られてたチャラっぽい魔法剣士だった。

「恋人が一年以上も塔に籠ってるんじゃ寂しいでしょ。オレが慰めようか？」

「はぁ？」

「一晩でも二晩でもっいてててててて！！！！！」

ポカンとするオレの目の前で、チャラ魔法剣士は治癒術師っぽいヤツからぎゅうぎゅうと腕を後ろに捻《ひね》りあげられている。

「ギブ！！　ギブギブ！！！」

「ごめんねぇ、コイツ悪いヤツじゃないんだけど、男も女もいける上に節操のないタイプなんだよ。ちゃんと確保しとくから安心して」

「は、はぁ……」

たぶんリーダーの魔術師が眉《まゆ》を下げてオレに謝ってくれている横で、チャラ魔法剣士と治癒術師による舌戦はなおも繰り広げられていた。

「お前はアホか。一年ぶりに恋人の消息がはっきりしたんだぞ。今日は手紙を抱きしめて眠るのがセオリーだろうが！」

「ハッ、さすがは童貞、夢みがちだねぇ。心と体は別モンなんだよ。ねぇ君、一人寝が寂しい夜は呼んでね、いつでも相手になるからね」

「余計なお世話だ」

懲りないチャラ魔法剣士に、ついつい口調もキツくなる。でもそれくらいでめげるような男ではなかったらしい。

「つれない態度も可愛《かわい》い」

チャラ魔法剣士はなぜか楽しそうにニコニコと笑っている。さっきからオレとライアが恋人だって決めつけられてるのがめっちゃ気にはなるけど、否定すれば否定したでこのチャラ魔法剣士がもっとウザくなる気がして否定もできない。

「ああもう、話が進まないからバーニーに沈黙かけといて」

「ラジャ」

ついに強制的に黙らせられてしまった。チャラ魔法剣士よ、さらば。

「なんか悪かったね」

「いや、ライアが生きて頑張ってるって分かった上に手紙まで届けてくれたんだ、感謝しかねぇよ。ホントにありがとう」

「ま、ついでだからね。他になんか聞きたい事とかある？」

「あっ、じゃあさ、えっと、ライアと会ったのって塔のどの辺？　まだまだかかる感じなのかな。あとどれくらい待てばいいのかが分かんなくてさ」

「会ったのは六階だったよな」

「結構上階まで来てはいるよね」

「ホントか!?」

嬉《うれ》しくなってつい身を乗り出してしまった。

でも、リーダーらしき魔術師はそんな俺にちょっと困ったような顔で笑って見せる。

「うん、でも結構時間はかかるかもねぇ」

「だよな。六階までで一年かかってるならかなり丁寧にダンジョン探索してるんだろうし」

「あとさぁ、それより上はやっぱ魔物が段違いに強いよ。あれをソロで倒しながら進むの、めっちゃ時間かかると思うなぁ」

彼らの話によれば、その塔の上階の方にいるのは、オレが今戦ってるダンジョン中層の魔物なんて足元にも及ばない強さの魔物らしい。聞いた事もない魔物で、オレなんかじゃどれくらい強いのか、想像もできなかった。

でもライアが退治する魔物がどれくらいの強さなのか、それは分かっておきたい。オレでも分かるような指標が欲しくて、オレは頭を捻ってこう聞いてみた。

「じゃあさ、ダンジョンの深層って行った事ある？」

「もっちろんあるさぁ！」

当然！　みたいな返事が返ってくる。

「深層の魔物で言ったらさ、どれくらいのヤツ？」

「んー……どうだろ。十一層？　十二層？　あの辺の魔物じゃないかなぁ」

「マジか……」

さっきまでオレがいたのは七層だ。あと四、五層下まで潜るのか、と思ったら気が遠くなる。

この町のダンジョンってさぁ、下に行けば行くほど、一層下りたら魔物の強さが段違いなんだよ。七層で軽く勝てるようになったからって八層を舐《な》めてかかると、大所帯のパーティーでも全滅する事だってある。

絶対に気を抜く事なんてできない、へたすりゃ即死コースだ。

「あの塔もだけどさ、ぶっちゃけソロだとかなりキツいと思うよ」

「だよなぁ、オレらだって下の方はサクサク進めたのに、六階から上は時間かかったもんなぁ」

「な、四人がかりなのにな」

その言葉に、オレは真顔で頷《うなず》くしかなかった。

それでも、きっとライアは絶対に諦《あきら》めないと思う。

彼らに礼を言って追加の報酬を渡して、依頼の終了報告や集めた素材の換金を済ませたオレは、足早にギルドを立ち去った。

彼らの話が事実だとすれば、ライアが『聖騎士の塔』から出てきた時には、ダンジョン十二層の魔物でも一人で狩れる凄腕《すごうで》になってるって事だ。オレだって負けちゃいられない。

でももちろん無茶して死んだら元も子もない。ライアもすごい装備してたって言ってたもんな。ちゃんとした武器を買って、オレも明日から深層に潜ろう。

でも。その前に。

大急ぎで馴染《なじ》みの宿に部屋を取り、飯と風呂《ふろ》を済ませる。ダンジョン帰りで久しぶりに会うヤツらからの飲みの誘いも、今日は全部断った。

ベッドにダイブし、いよいよライアからの手紙を開ける。ワクワクしすぎて、手が震えた。

「………」

急いでなぐり書いたようなたった数行を何回も何回も読んで、オレはごろっと横になった。

「っんだよ、もう……！」

ちょっと涙が出る。

『勝手な事してごめん』『俺の事は忘れて』『新たなパートナーと』

それ以外に言う事ないのかよ……！

悔しくて悔しくて、また手紙をぎゅっと握りしめていた。

忘れろって言われてそんなに簡単に忘れられるなら、一年以上が過ぎた今まで待ってたりしないだろ。バカじゃねーのか、アイツ。

「ちくしょう……」

丸くなったまま、俺はしばらく泣いた。

ひとしきり泣いて、込み上げてくる怒りと悲しさがちょっと収まってきたオレは、無意識に枕元に手を伸ばす。寝る時は必ず定位置に置いてあるそれは、もはや見なくても手に取れるようになっていた。

ライアがいなくなった時に置いていった手紙。

何度も読み返しすぎて端と折り目がボロボロになったそれを、悲しい気分で読み返す。

カーマインへ

勝手な事をしてごめん。

お前がこの手紙を読む頃《ころ》には、俺はもう塔に入っていると思う。お前にうまく話せていているだろう自信がないから、この手紙を書いている。

お前はまっすぐなヤツだから、俺の真意が分からないままだと、それが気になって先に進めないかも知れない。それを回避するためにできるだけ丁寧に書くつもりだが、俺が言いたいのは結局、これだけだ。

俺がパーティーを抜けるのは俺に問題があるだけで、お前には何の非もない。

今後お前と行動を共にする事はないだろう。けれど、お前の幸せを誰《だれ》よりも願っている。

すごい冒険者になって、たくさんの人を俺たちの腕で守る。離れていてもお前と交わしたその誓いだけは俺の生涯をかけて守るよ。それだけは信じて欲しい。

俺は、本当はずっと前から、いつかお前から離れる日が来るだろうと思っていた。何度か言った事があると思うけど、俺はずっとお前が好きで、でもお前は俺を好きになる事はないのが分かっていたからだ。

別にそれが悪いわけじゃない。誰を好きになるかなんて自由だし、コントロールできるもんでもないのは身をもって分かっている。

俺はカーマインに幸せになって欲しいし、邪魔したいわけじゃないんだ。俺たちは早くに家族を亡くしたから、カーマインには可愛い奥さんとやんちゃな子供がいる、そんな幸せな家庭ができるといいと本当に願っている。

ただ、それを傍で見ていられるほど俺は強くないから、できる事なら、カーマインの幸せを兄弟のように願える距離を作りたかったんだ。

大人になれば兄弟だってそれぞれ独り立ちして別々の暮らしと家庭を築くだろう。俺たちも充分大人になったから、別々の暮らし、別々の家族を持って、それぞれの幸せを探す年齢になったのかも知れないとも思ったんだ。

だからカーマインがエリスを連れて来た時、独り立ちする時が来たんだなと覚悟した。

今までずっと言えなくて……こんな気持ちをカーマインを前にして冷静に話せる自信がなかったばかりに、突然離れるような真似《まね》をしてごめん。

俺は聖騎士を目指そうと思う。

聖騎士になれれば、きっともっと上位のクエストも受けられて、凶悪な魔物とも対峙《たいじ》できる。たくさんの人や生活を守る事ができるようになるだろう。カーマインと俺、別々にクエストを受ければ俺たちの誓いも効率よくやり遂げる事ができると思うんだ。

俺たちみたいに親を亡くす子が、一人でも少なくなるといいよな。


最後にもうひとつだけ。

明日からはエリスがパートナーだ。彼女は初心者だから、最初はきっと戦力にならないしイラつく事もあるだろう。でも、俺たちだってそうだった。

俺たちも最初に魔物と出くわした時は全力で逃げたよな。追いつかれて、俺が腰が抜けて動けなくなった時、お前が泣きながらかばってくれた。

エリスも最初は頼りないかも知れない。

だけど、あの日の俺たちを思い出して、長い目で見てやるといい。

頑張れよ。うまくいくように祈ってる。

さよなら、カーマイン。

ライア

……………………………………………………………………

「はは……」

思わず笑いが漏れる。アイツはいつだって矛盾ばっかりだ。

オレとの約束を守ると言うくせに、オレから離れて一人で聖騎士になると言う。オレは『一緒に』すごい冒険者になって、たくさんの人を俺たちの腕で守ろうって言ったんだ。

都合のいいとこだけ勝手に切り取って、約束守ってる気になってるアイツがいっそ憎たらしい。

兄弟みたいな距離感なんて言うくせに、今後お前と行動を共にする事はないだろうなんて言う。二度と話さねぇ、顔さえ見せねぇ兄弟なんて嫌に決まってる。オレはずっとライアの事、兄弟だって思ってたのに。

オレに幸せになって欲しいって言うくせに、こんな風にオレを泣かせることばっかりして、何がオレの幸せかなんてアイツに分かるもんか。勝手にアイツがいなくなってから、オレは『幸せ』だとか『楽しい』だとか、めっきり思わなくなってしまった。

しかも、オレの事を好きだと言うくせに、他の誰かと幸せになってくれなんて言う。

オレが可愛《かわい》い嫁さん貰《もら》ってオレに似た子供作って、アイツの知らないところで幸せになりゃあ、本当にアイツは嬉しいのかよ。

そのうちオレを忘れて、アイツも他の誰かと笑って生きていくつもりなのか。

ふと、ライアの手紙を届けてくれたパーティーの、チャラ魔法剣士の言葉を思い出す。

ライアの事、肌も白くて男なのに色っぽかった、コナかけようか迷ったって言ってた。強引で、懲りないタイプのヤツだった。あんなヤツにしつこく言いよられたら、もしかしたらライアだってほだされてしまうのかも知れない。

オレの代わりにあのチャラい男がライアの横に立って二人で笑いあい、背中を守りあう姿がふと浮かんで、猛烈に腹が立ってきた。

ホントムカつく。

こちとらライアがいなくなってからこっち、いいなと思う女もいなきゃ、娼館すら楽しめなくなってるっていうのに。どうやって幸せな家庭を築けばいいいんだよ。

かと言って、あの男みたいにライアに色気を感じるワケでもない。

だってライアの顔が綺麗《きれい》なのなんかガキの頃からだ。

緑色の目が優しいのも、まつげがべらぼうに長いのも、しょっちゅう野宿してる割に肌が綺麗なのも、喉《のど》のあたりが特に白くてなんなら高級娼婦《しょうふ》より肌理《きめ》が細かいのも、薄い唇が意外にいい色してるのも、当然の事だ。だってそれがライアなんだから。

見慣れてた筈《はず》のアイツの表情を思い出して……ふと、異変に気づく。

なんか、腰の据わりが悪い。ベッドの中でもぞっと動いて、戦慄《せんりつ》した。

嘘《うそ》だろ。

なんか……なんか、兆してる？

変な汗がドバッと出た。

待てよ。

待てよ。

このところ綺麗な女やいい乳を見ても兆したりしてなかったのに、そんなワケねぇだろ。

そもそもライアがオレに「好きだ」って打ち明けた時だって……。

なんて思い出したのが良くなかった。

アイツの苦しそうな表情、ちょっとだけ震えてたアイツの唇が脳裏に浮かんだ瞬間、オレの愚息が痛いくらい熱を持つ。恐る恐る下着の中に手を入れてみたら、しっかりと硬くてごまかしようもないくらいに勃ち上がっていた。

嘘だろ、おい！　なんで今さら！！？

自分でもなんで急にこんな事になったのか訳が分からない。それでも一回ライアで入ってしまったスイッチはどうしようもなくて。

カーマイン、カーマインってオレを切なそうに呼ぶ顔を思い出すと、それだけで手の中の愚息はまるで返事でもするかのように硬く大きくなっていく。

そんなバカな。

アイツにキスできるとでもいうのか。

好きだ、って泣きそうな顔で言ったライアを思い浮かべて、その薄い唇にそっと唇を合わせる想像をしてみたら……めちゃめちゃ普通にキスできた。

恐ろしい事にいったん想像し始めるともう止まらなくなってしまう。だって、物心ついた頃からずっと行動を共にしてきたんだ。オレが何をすればライアがどう反応しそうかなんて簡単に想像できてしまう。

想像の中のライアは初心《うぶ》で、とんでもなく可愛くて魅力的だった。

キスをすれば驚いたように一瞬身を引こうとして、それでも強引に口付ければ体を震わせて受け入れてくれる。唇を舐《ねぶ》るように食《は》んだら唇が薄く開いて、俺は舌を捩《ね》じ込んでライアの熱い舌を巻き取る。ライアの口内をチロチロと舐《な》めて反応を確かめるのが楽しかった。

ライアの体が緊張で固まっているのが可愛い。

キスが深まっていくと、ライアの腕がおずおずとオレの背中に回る。迷っているような手の動きで、なかなか抱きしめてこない。

焦《じ》れたオレはライアを力強く抱きしめてベッドへと押し倒した。

そのままシャツを捲《まく》り上《あ》げ、慎《つつ》ましい乳首を口に含む。

柔らかさも、むにむにとした弾力もないのに、触るのも舐めるのも乳首を虐《いじ》めるのもすごく楽しい。常は服で隠されていて、まったく日焼けしていない肌はとても白くて、そんじょそこらの娼婦よりもよっぽど綺麗だ。

これまでアイツの裸なんて注意して見てきたワケじゃないのに、なぜか鮮明に思い出せるのが自分でも不思議だった。

オレの黒っぽい乳首に比べると、小粒で初々しい浅い色の乳首が艶《なまめ》かしい。思う存分乳首を舐めしゃぶり、その一方でついにオレはライアのズボンに手をかけた。

ここまでの想像というか妄想は自分でもびっくりするくらいに自然にできた。オレの愚息だって興奮しまくりだ。もういつでも出せるってくらい昂《たかぶ》ってる。

けれど。

アイツのチンコを扱《しご》けるのか？　アイツのケツに指や愚息をぶち込めるのか？　自信はなかった。

けれどそんなのは杞憂《きゆう》で……その夜オレは、初めてライアで抜いた。

余裕で三回も抜いてしまった。

どうやらオレは、完全にライアで抜ける体になってしまったらしい。

【ライア視点】可愛い相棒

長い長い日数をかけた八階の探索が終わり、あとは聖龍様に会って拠点の宿屋に戻るだけ。ついに俺は、明日から九階に挑戦する事を決意した。

今しがたまで探索していた八階は、広さや入り組み方こそこれまでとさほど変わらなかったが、魔物の強さとトラップの凶悪さは七階とは比較にならないほどで、何度もヒヤッとしたものだ。

正直キューが俺の使い魔になってくれていなかったら、死んでいてもおかしくなかったと思う場面がいくらでもあった。

キューは四階完全クリアの褒美として聖龍様がくれた使い魔だ。かれこれ半年以上は一緒に行動しているかも知れない。

俺と一緒にいるからかレベルも上がるらしく、最初は簡単な治癒や疲労回復、解毒くらいしかできなかったのに、今や骨まで到達するような深い傷でも一瞬で治癒できるし、肉体強化やスピードアップ、浄化から呪《のろ》い解除まで幅広い魔法が使えるようになった。

一番助かるのは、命令しなくても俺がヤバい時は勝手に治癒してくれるようになったところだ。

ソロの何が怖いかって、麻痺《まひ》や酷《ひど》いダメージで動けなくなってしまった時だ。魔物が目の前にいるのに打つ手もなく殺されるのを待つあの心境ときたら。

もうダメだと思った時、キューが突然ピカッと光って体が自由になった時の感動は忘れられない。

なんとか魔物を倒した俺は、キューの事をぐりぐり撫《な》でながら思いっきり褒めまくった。

それからだ。

キューは自分なりに必要だと思った時に、勝手に魔法を使うようになった。俺がちょっとでもダメージを受ければ即回復してくれるし、毒の攻撃を受ければ解毒してくれる。

これは本当に助かる。命令するには俺が、キューがどんな魔法を使えるかを把握しておかないといけないわけで、宝の持ち腐れになっている場面も多いと感じていたからだ。

盛大に返り血を浴びた時、勝手に浄化で綺麗にしてくれた時はものすごく感動した。一方で「浄化できるんならもっと早く知りたかった……！」とも思ったものだ。知っていればこれまでももっと快適に過ごせただろう。

他にも身体能力を底上げする系統の魔法などは、キューが自分で勝手に魔法を使うようになってから「こんな事もできたのか」と驚いたくらいで、今や本当に頼りになる相棒だ。

普段は俺の周りをご機嫌にふよふよと飛び回りつつ付いてくるけれど、魔物を感じる力があるのか、ランクの高い魔物が近づいてくると、途端に怯《おび》えて俺に擦り寄ってきたりもする。そういうところはちょっと可愛《かわい》い。

あと小一時間も歩けば今の拠点としている七階層の宿屋に降りられる階段に着くだろう。

そんな時だった。

脇道の先から、断末魔のような恐ろしい叫び声が聞こえた。

肉を割く音。

凶暴な咆哮《ほうこう》。

耳をつんざくような炸裂《さくれつ》音。

気がついたら走り出していた。あの脇道の奥で、強敵と戦っている者がいる。今ならばまだ、助けられるかも知れない。

けれど脇道を奥へ奥へ進み、辿《たど》り着《つ》いた先でやっと見えた光景に、俺は自分の判断が誤っていたことを悟った。既に動いている者などいない。ズタズタに引き裂かれた遺体に脚をかけ、巨大な魔物が勝利の咆哮をあげていた。

初めて見る魔物だった。

獅子《しし》のような鬣《たてがみ》から、太く曲がりくねった異形のツノが突き出ている。四肢は硬そうな鱗《うろこ》で覆われ、恐ろしい鉤爪《かぎづめ》が遺体に深々と突き刺さっていた。

明らかにこれまで倒してきた魔物よりも格段に強いと分かる、圧倒的な威圧感。

魔物の首がゆっくりとこっちを向いて、視線が俺を捉《とら》えたのがはっきりと分かる。らんぐいの牙《きば》の間から出てきた分厚い舌でベロリと舌なめずりをして見せた魔物は、よだれをぼたぼたと垂らしながら、俺の方へ一歩踏み出した。

体が竦《すく》む。

麻痺を受けたわけでもないのに、足が一歩も動かなかった。

魔法を撃つ音も聞こえていたのに、さほどダメージを受けているようにも見えない。

勝てない。

初めて、戦ってもいないのに絶望した。

あれほど大きな魔物の体が、信じられない身軽さで地を蹴《け》って宙へ浮く。

ああ、喰《く》われる。

そう覚悟した瞬間、急に強烈な光が炸裂した。

「グオオオオォォォ！！！！」

苦しげな叫び声をあげながら、魔物の巨体が俺の目の前に地響きを立てて落ちてきた。

何が起こった……？

もがき苦しむ魔物の姿を声も出せずに凝視していたら、俺の横に浮かんでいたキューの小さな丸い体が、急にフッと力をなくしたように落ちる。

カラン、と小さな音を立てて床に転がったキューは、ピクリとも動かない。

「キュー!?」

驚きで、やっと体が動いた。

動かないキューを慌てて左手で抱き上げて懐に押し込み、俺は起きあがろうともがいている魔物の喉笛《のどぶえ》に向かって、渾身《こんしん》の力でソードスピアを突き立てて息の根を確実に止める。

自分の荒い息と、心臓の音だけが、うるさく響く。

もはや魔物は動かないと分かっているのに、死体だらけのその場所にいるのが居《い》た堪《たま》れなくて見通しの良い大きな通路を通ってその場を離れた。

魔物の気配がない場所で、懐からキューを大切に取り出して、呼びかける。

「キュー、どうしたんだ、キュー」

撫でてもさすっても、何の反応もない。キューからは、生命が感じられなくなっていた。

「キュー……！」

訳も分からないまま、俺はその場から全速力で走り出す。

まさか、死んでしまったのか。

さっきの魔物が急に苦しみ出したのは、キューが何かしたからなのか？

何が起こっているのか分からない。けれど、一刻も早くなんとかしないと、キューを失ってしまうような気がして、焦燥感に駆られるままに俺は走っていた。

宿屋へと続く階段をスルーして、聖龍様に会えるだろう最奥の袋小路へと急ぐ。

内へ内へと曲がっていく曲がり角の多いこの場所ではさすがに警戒を怠る事はできないが、一秒でも早くと気が急《せ》いて仕方なかった。無事に袋小路の奥まで辿り着き、聖龍様を呼び出す天井の石を連打すると、いつものごとく眩《まばゆ》い光があたりを照らす。

光の中に浮いた丸い球体が光に融けて聖龍様が現れる、いつもは心静かに待つその時間さえ今は惜しい。

「聖龍様！　聖龍様！！！」

必死に呼びかける俺の気持ちに応《こた》えるように、いつもよりもあっさりと聖龍様が姿を現した。

「ライア……何があった、そんなに慌てて」

「それが……！」

俺は息をするのも忘れて事のあらましを聖龍様に伝える。何が起こっているのかは分からないが、この塔を司《つかさど》る聖龍様なら何か手が打てるのではと思っていた。

「キューから生命の気配を感じないんです！　俺、もしかしてキューが死んでしまったんじゃないかって思って、心配で……！」

「うむ、確かに今は仮死状態ではあるな」

「仮死状態……！」

生命が尽きたわけではないと分かっただけで、希望の灯が俺の胸に灯《とも》る。俺の肺にようやく空気が入ってきたのが分かった。

「よほど強大な魔物に出会ったのだね。おぬしの命が危ないと思ったのだろう、自分の生命力を注ぎ込んで攻撃魔法として敵にぶつけたのだよ。今のこの子が使える唯一の攻撃方法だ」

俺にそう説明しながら、聖龍様はキューの丸い体を愛しげに撫でた。

「もうそんな魔法を使えるようになっていたとは、おぬしとこの子は、随分とたくさんの戦いを共に乗り越え、信頼関係を築いてきたのだな」

聖龍様がキューを可愛がってくれている事をひしひしと感じて、さらに希望が大きくなる。聖龍様なら、きっとキューを助けてくれるに違いない。

俺は全力で土下座した。

「聖龍様！　俺にできることなら何でもします、どうか……どうか、キューを助けてください！」

「落ち着きなさい。確かにこの子の仮死状態を解く事はできるが……代償が必要だ」

「覚悟はできています」

俺を守るためにまさに命をかけてくれたキューのためだ。惜しむものなど何もない。

「この子はね、聖力を原動力に生きているのだよ。ライア、おぬしが貯めた聖力をこの子に注ぎ込む事になるが」

「全部使って構いません」

聖力で済むなら安いものだ。俺は聖力メーターを聖龍様に手渡した。

満タンに近いところまで貯まっているから、これならきっとキューを救う事ができるだろう。地道に貯め続けてきて本当に良かった。

「ふふ、こんなに注ぎ込んだらこの子がパンクしてしまう」

聖龍様は急にすごく優しい顔になって、俺の頭をよしよしと撫でた。まるで、幼い子供にするような仕草だった。

「いいだろう。ライアの気持ちはよく分かった。この子に聖力を注いであげよう」

「ありがとうございます……！」

ホッとして、体から力が一気に抜ける。

俺の目の前で、聖龍様は目を瞑《つぶ》って小さな声で何かを呟《つぶや》き始めた。

どこか旋律のような響きが美しい。

左手に聖力メーター、右手にキューの体を掲げ、優しい白い光に包まれた聖龍様は、神様か何かのように神々しかった。

＊＊＊

「はは、くすぐったいよ」

丸い体をスリスリと擦り付けて、猫のように甘えてくるキューを抱きしめたり撫でたりしてたっぷりと甘やかす。

言葉の通り、あの後聖龍様はキューを仮死状態から回復させてくれた。

もちろん聖力は目減りしたが、それは貯めた分の四分の一程度で、全《すべ》てを注ぎ込むつもりになっていた俺にとってはダメージといえる程のものでもない。また貯めれば済む事だ。

それよりも、一時は死んでしまったかとまで思ったキューが、こうして生きていてくれる事がなによりも嬉《うれ》しい。散々甘えて満足したらしいキューにいつものようにタオルをかけてから、俺もベッドに潜り込んだ。

七階は宿代も高いがベッドの質も良い。ふんわりと柔らかいベッドに身を横たえると、ようやく気持ちが落ち着いてきたのか、あの魔物との遭遇を思い返す余裕が出てきた。

あの名も知らぬ魔物と対峙《たいじ》した時の、恐ろしいまでの絶望感。

八階で出てきていた魔物たちも、俺たちが以前ダンジョン中層で相手にしていたような魔物たちとは比べるべくもない強さと凶暴さだったが、それよりもさらに桁外《けたはず》れの魔物だった。

結局は一撃すら喰《く》らっていないから本当のところは分からないわけだが、戦う前からあんなに絶望したのは初めてだ。

あの魔物がいたポイントはモンスタートラップがあった場所だ。俺の時はあれほど強力な魔物ではなかったから、きっとランダムで魔物が発生するトラップで、彼らは運悪く特級クラスの魔物に当たってしまったのかも知れなかった。

あの恐怖を思い出して、ふるりと体を震わせた。

「……っ」

今日は本当に、一番死に近づいた。

自分の体をぎゅっと抱きしめてベッドの中で丸くなれば、急にカーマインの顔が思い出されて胸が熱くなる。

死を覚悟すればするほど、二度と会わないと誓った筈の最愛の男を思い出すのはなぜなんだろう。

脳裏に浮かぶカーマインの屈託のない明るい笑顔に、甘い疼《うず》きと苦しさが同時に胸を支配した。

会いたい。

あいつに会って、境目が分からなくなるくらい、ぎゅっと抱きしめたい。

自分の方からあいつのもとを離れたくせに、会いたいという感情がどうしても抑えられなくて辟《へき》易《えき》する。どうせ死ぬのなら、その前にあの日に焼けた瑞々《みずみず》しい肌に触れたかったと、本能が叫んでいるかのようだった。

抑えられない熱を逃したくて身じろいだら、自分から漂ったのだろう石鹸《せっけん》の匂《にお》いに妄想が掻《か》き立てられる。

カーマインのヤツ、俺がいくら好きだと打ち明けても、これっぽっちも行動を変えてくれなかった。風呂《ふろ》から半裸であがってくるのなんかしょっちゅうで、そのまま体が冷えるまで、なんて嘯《うそぶ》いてエールを飲みながら裸体を晒《さら》していた。

あのあられもない姿に、俺がどれだけ煽《あお》られていたか。

カーマインはきっと、想像した事もないだろう。

洗ったばかりの髪の石鹸の匂い。体からほのかに上がる湯気。適当に拭《ふ》いた髪から雫《しずく》が垂れて、うなじを濡《ぬ》らしていくのがたまらなかった。舌を這《は》わせたらカーマインはどんな反応をしただろう。

はぁ、と自分の唇から薄く吐息が漏れる。

突き上げられるような欲望に煽られて、俺は自身の分身を強く刺激した。

目の奥に、俺に抱きしめられ、首筋を舐《な》め回されて困惑するカーマインの姿が浮かぶ。風呂上がりの上気した体を後ろから抱きすくめ、いつもはハリがあって瑞々しい肌がしっとりと艶《なまめ》かしく濡れているのを感じたかった。

うなじの味を堪能し、カーマインの小さな胸の粒を弄《いじ》りながら、下半身の屹立《きつりつ》に手を伸ばして扱きあげる。カーマインのモノを刺激する妄想と自身のモノに感じる現実の快感がひとつになり、ぐんぐんと熱が高まっていく。腰が揺れ、手の中の屹立からはひっきりなしにトロトロとしたものが溢《あふ》れ、滑りを促していた。

妄想の中のカーマインが俺からもたらされる快楽に身を捩《よじ》り、眉根《まゆね》を寄せて小さく喘《あえ》いだ瞬間、俺の中で暴れていた欲望が熱い奔流となって爆《は》ぜる。

「はぁ……っ」

気持ちいい。

カーマインも吐精したかのような錯覚に襲われて、胸の中が幸福に痺《しび》れた。

誤作動を起こした脳はもっともっとと欲望を煽り、俺はまだ荒い息の中で、カーマインの締まった太ももを、柔らかい内ももを撫《な》であげる。あの真《ま》っ赤《か》な瞳《ひとみ》が悦楽に潤んでくれるなら、どんなにか幸せだろうに。

俺の想像の中のカーマインはいつでも困って、戸惑っていた。

唇を奪い、あのハリのある艶やかな肌を嬲《なぶ》る。

酷《ひど》く抵抗しないで体への刺激を享受してくれるカーマインを想像する事が精一杯で、まぐわう事なんて想像でもできなかった。それはきっと、カーマインが俺に欲情する事なんてないと分かりきっているからだ。

俺を友だとしか思っていない男を勝手に頭の中で穢《けが》す事に罪悪感を持ちながらも、淫《みだ》らな想像を止める事なんてもうできない。

浅黒い肌に手を這わせ、口付け、ひたすらに愛撫《あいぶ》する様を思い描いて、俺はその夜、寝落ちするまで自身を慰めた。

＊＊＊

翌朝風呂に入って身も心もさっぱりした俺は、いよいよ塔の九階に足を踏み入れた。

どこまで続くか分からない『聖騎士の塔』。

宿屋での情報交換も塔の構造やトラップに関してはご法度になっていて、どうなっているかは俺も知らない。ルールに抵触すると塔から弾き出され、どうやってか恐ろしい制裁が加えられるのだと聞くと、とてもそんな事をする気にはなれなかった。

人智を超える力に無駄に逆らうのは賢い選択とは言えないからだ。

外からでは想像できないほどの広大な塔だ。上限もどこまであるか分からない。永遠に続くと思って登ってきたわけだが、どうにもこの九階は様子がこれまでと違っていた。

これまではひとつひとつの脇道がかなり奥行きがあって複雑で、歩いた先が幾重にも枝分かれしているような造りだった。隠し扉やトラップもたくさんあって、だからこそ探索に時間がかかったしマッピングもやりがいがあったんだ。

それなのにこの九階は脇道というほどのものがほとんどない。一本の道から延びる大量の脇道だった筈《はず》のところは、長くても二十歩ほどの奥行きしかなく、その全てに一見カラで実は聖力が大量に入手できる宝箱か、聖力溜《だ》まりがあった。

聖力メーターを持っていなかったら、そんな事にも気づけなかったかも知れない。改めて貰《もら》ったものの存在の大きさに感謝する。

この階層でたっぷりと聖力を確保しなさい、と微笑《ほほえ》む聖龍様の顔が脳裏に浮かんで、少し楽しくなった。あの方の事だからこの階層まで生きて上がってきた褒美だとでも言うのだろう。

魔物を倒した時に得られる聖力も多くて、これならば数日この九階で修行を積めば、メーターを満タンにする事もできるんじゃないかと思えるくらいだ。

魔物を倒し聖力を回収しながらどんどん進んでいくと、後ろに気配を感じて振り返る。

やはり遠くに二人組のパーティーの姿があった。

どうやら俺が通り過ぎた階段から上がってきたようだ。魔物じゃなくて良かった、とホッとしていると、その二人が俺を見つけて駆け寄ってくる。

「その姿……もしかして君、ライア？」

「ああ」

覚えのあるやり取りだ。

「やっぱり。良かった、二回目の手紙って受け取ったかい？」

「二回目の手紙？　いや、受け取っていないが」

「そうか、じゃあ僕たちが一番のりだな」

男は嬉しそうに隣の女魔術師と笑いあった。なんだか仲睦《なかむつ》まじそうで微笑ましい。ここまで助け合って登って来たんだろう。カーマインとエリスも、こんな風に笑いあっているのだろうか。

「君に手紙を預かってきたんだ。カーマインって人かららしいよ」

「カーマインが……？」

カーマインが、手紙!?

意外すぎてびっくりする。だって字を書くのが嫌いすぎて宿屋の台帳ですら俺に書かせるのに。

ああ、あの時俺が書いた手紙への返事なんだろうか。カーマインにしては律儀だと思いながら手紙を受け取り、お礼に高級ポーションを渡して彼らと別れた。

本当にカーマインが手紙なんて書くのかなと半信半疑で開けてみると、きったない字でたった三行の殴り書き。逆にカーマインらしくて笑ってしまう。

けれど、文字の意味を理解した途端、俺は頭の中が「?」でいっぱいになった。

待ってる
絶対生きて帰ってこい
浮気すんなよ

待ってる、という言葉に強く罪悪感を感じる。

前回の手紙を渡してから音沙汰《おとさた》がなかったから、きっと分かってくれているんだろうと勝手に思っていたけれど、カーマインは納得がいかなかったんだろう。

俺が勝手な事をしたせいで、結局はこんなに長期間カーマインを拘束してしまったのか。あんなに、たくさんの国を回る事を楽しみにしていたのに。

でもそれよりもずっとずっと気になったのは、最後の一文だ。

「浮気すんなよ」って……どういう意味だ？

その時、急にキューが俺の懐に飛び込んできて、魔物が近づいたのだと理解した俺は素早く手紙をポーチにしまってソードスピアを構えた。ここは呆然《ぼうぜん》としていい場所じゃない。

手紙の事をじっくり考えるのは宿に戻ってからだ。強くそう心に決めて魔物を倒し、九階の探索を進めていく。

早く宿に戻って、考えたい。

こんなにもこの階の全《すべ》てを探索していく事にもどかしさを感じたのは初めてだった。

それでもさすがに九階ともなれば俺も手際が良くなっている。効率よく全ての探索を終え宿屋に戻ったのは、たぶんその日のうちだ。

脇道の探索やトラップがないとこれほど呆気《あっけ》ないのかと少し驚く。

飯と風呂を手早く済ませ、キューにいつものごとくタオルをかけてやって、ベッドの中に潜り込んだ。大切に持ち帰った手紙をもう一度開いて、カーマインの殴り書きを読み直すけれど、最後の一文ばかりが際立って見えてしょうがない。

「浮気すんなよ」って……もしかして、他に目移りするなって、カーマインを好きなままでいいと言ってくれているのだろうか。

そう考えて、でもそんな筈がないと打ち消す。

自分に都合が良いように考えてしまう自分に苦笑してみたものの、やっぱりどう考えてもカーマインが受け入れてくれたって事じゃないのかと、心のどこかでつい期待してしまう。

何度も何度も同じ思考の間を行ったり来たりして、気持ちは上がったり下がったり、まるで大きな波にでもさらわれたかのようだ。

悩みすぎて自慰さえできずにそのまま寝落ちした俺は、その夜初めて、カーマインから俺にキスしてくれる、幸福な夢を見た。

＊＊＊

それからしばらく後、ついに聖力メーターを満タンにした俺は、満を持して九階最奥の袋小路、聖龍様出没ポイントに来ていた。いつも通りに聖龍様を呼び出してはみたものの、聖龍様は出てくるなりなんだか楽しそうだ。

「これは困った」

そんな事を言いつつ聖龍様は面白そうに笑っていて、全然困った風には見えない。どういう意味だろうかと小首を傾《かし》げていたら、聖力メーターを渡すように言われる。聖龍様はそれを簡単に検分して、うむ、と頷《うなず》いた。

「やはり上限に達しているな。ここは本物の私に会う前の最後のポイントだからね、大量の聖力が褒美だったのだよ」

「なら大丈夫です。俺、キューを助けて貰っただけで充分すぎるくらい褒美はいただきました」

本当にそう思っているのだが、聖龍様は納得がいかないらしい。

「うーむ、だがおぬしは誰《だれ》よりも私の塔を愛《め》でてくれただろう。私はおぬしにこそ、この塔を制覇した記念の品をあげたいのだよ」

なんともありがたい話だ。でも、たぶん誰よりもたくさん記念の品を貰ってる気もするんだが。

「……まぁよい、まずは私の居城においで。私の宝を見せてあげよう。その中から欲しいものを選べば良い」

いつもながら気前のいい聖龍様は、その言葉と共に一瞬で俺を居城へと招いてくれたのだった。

【カーマイン視点】忘れるなんて許さない

ダンジョン深層の十一層。

オレは十二層への階段を探して奥へ奥へと進んでいた。

これまでは十一層の転移ポイントを起点に探索と魔物の討伐を続けて来た。この十一層にもだいぶ慣れて、手強《てごわ》い魔物にもそんなに手こずる事なく勝てるようになっている。それなりにデカい傷も負うけど、そんなモンはポーションで騙《だま》し騙し行くしかない。

でも、深層に入ってからは意外と探索もレベル上げもやりやすくなった。なんたって『転移ポイント』なんてモンがあるんだから。

中層までは今まで色んな町で潜ってきたダンジョンとなんも変わんなくて、下層に行くのに近道なんかなかった。深く潜ろうとすればするほど、漏れなく上の階も突破しないといけないから膨大な時間がかかる。

でもこの町のダンジョンは違った。

深層と言われる十層より先は、その層ごとに転移ポイントがあるんだ。

その層の転移ポイントを一度でも踏めば、入り口の衛兵の詰所の中に設置してある転移ポイントに跳べるんだから最初はホントに驚いた。逆に詰所からは踏んだ事のある転移ポイントに移動可能だ。好きな層に跳べるなんて夢みたいな話だった。

今まではどんなに面倒くさくても、いちいち上の階を通ってたのが、一瞬で省略できるんだから本当に話が早い。なんでダンジョンにそんな便利なモンが、って思ったけど、どうやらあの『聖騎士の塔』の主、聖龍とやらが関係してるらしい。

この町に来るまで龍なんて御伽噺《おとぎばなし》だと思ってたけど、実在する上にダンジョンに転移ポイントを作っちまうようなとんでもない存在だとは。そんな異次元の存在から魔法を習おうとしてるライアもよく考えればぶっ飛んでる。

アイツも強くなってるだろうけど、オレも負けちゃいないと思うんだけどな。

『聖騎士の塔』にアイツが籠《こも》ってからそろそろ二年くらい経《た》つんじゃねぇかな。この二年でオレは腕だって結構太《ぶ》っとくなったし、身長だって伸びた。傷もいっぱい増えたけど、おっちゃんたちにもだいぶ面構えが良くなったって褒められる。

装備に金を使いたいから酒もほどほど、結構体もでき上がってきたと思う。

娼館には行かなくなってかなり長い時が経っていた。ライアを思い出せば気持ちよく抜けるから、別にそれで困ってるワケでもない。

ライアが戻ってきたら絶対に押し倒すんだから、それまでは我慢だ。

「…………っ」

急にチリ、と首筋に殺気を感じて、無言で跳躍した。

さっきまでオレがいた場所に、エグい音を立てて、巨大な斧《おの》が突き刺さる。

ミノタウロスだった。

この十一層の中でも、かなり上位の危険な魔物。一瞬でも遅れをとれば、こっちが殺《や》られる。でも、スピードならこっちが上だ。幸い斧を投げてきたおかげであっちは素手だ。べらぼうに力が強いからそれでも強敵だけど、今ならオレにだいぶ分がある。

的を外して怒りの雄叫《おたけ》びをあげる巨体に向かって、オレは高く跳躍した。

あの手に掴《つか》まれたら負けだ。剣なんて簡単にへし折られて、ついでにオレの体だって簡単にへし折られるだろう。

ヒットアンドアウェイでちょっとずつダメージを蓄積する。

外皮が硬いから、傷をつけるだけでもひと苦労だ。それでも諦《あきら》めずに腹に与えた傷を狙《ねら》って何度も攻撃すれば、傷もやがては深くなる。

動きが鈍くなったところに一気にトドメを刺せば、巨体は地響きを立てて倒れ込んだ。

もう動かないのを確認してから討伐証明の二本のツノを切り取り、オレは大きく息をついた。

さすがにミノタウロスとの一騎討ちは体力を持っていかれる。ポーションも残り少ないし、あのデカい斧を売ればそこそこ金になるだろう。剣ももうちょっと使えるかとも思ってたけど、ミノタウロスの硬い外皮を何回も斬りつけたから結構ダメージを受けてるっぽい。

十二層への階段を探し当てるのは次来るまでおあずけだな、と腹を決めてオレは元来た道の方へと引き返した。無理はしない。オレは生きてライアに会うんだから。

十一層の転移ポイントに到着するまでにさらに数体の魔物を屠《ほふ》って戦果を増やす。今回も悪くない戦績だった。

町に戻ってギルドで諸々《もろもろ》換金して身軽になったら、まず向かうのは勿論《もちろん》『聖騎士の塔』だ。

ま、行ったところで何の変化もない事がほとんどなんだけどさ。やっぱりつい行っちゃうよな。

もしかしたらライアが戻ってるかも、って期待するのは自分でも止めようがない。

だってさ、先々週戻ってきた男女二人組のパーティーが、オレの手紙をライアに届けたって言ってたんだ。そいつらはかなり上の階でライアと会ったって言うんだから、期待しないワケがない。

何回も何回も同じ手紙を書いて門番のおっちゃんたちに託したけど、渡したって言ってくれたのはあの二人組だけだった。でも、一通だけでもアイツの手に渡ればこっちのもんだ。

書いた文面を思い出すとニヤニヤが止まらない。

ライア、あの手紙読んだんだよな。

どう思ったかな。

どういう意味かって考えて、悩んで、悶々《もんもん》とすればいいんだ。

オレを忘れるなんて絶対に許さない。

ライアが既に心変わりしてるって可能性はできるだけ考えないようにしてる。本当はさ、オレが変わったみたいにアイツだって変わるかもって不安は、ないワケじゃないんだ。

だって離れてから二年も経ってるし、二度と会わない、忘れろって言われてるし、聖龍は尋常じゃなく美形だっていうし。

でも、オレだって忘れられないんだ。

おんなじだけ一緒にいたんだから、アイツだってオレの事、忘れられない筈《はず》だって思いたい。心変わりする可能性をちょっとでも減らしたくて、大っ嫌いな文字だっていっぱい書いた。

オレの事忘れようって考えてる頭に横槍《よこやり》を入れて、嫌でも思い出させてやりたい。

アイツが塔から出てきたら、絶対に逃げられないように引っ捕まえて、ギッタギタのメロメロにしてやるんだ。

ライアが塔の中から出てくるのだっていつになるか分からないのに、そんな事を考えながら『聖騎士の塔』に向かう。門前には、いつものおっちゃんたちがいた。

「おっちゃーん、久しぶり！」

「おー、カーマインか！　お前も飽きねぇなぁ」

「でも今回はちょっと間が空いたんじゃねぇのか？」

門番のおっちゃんたちは、いつも通りめっちゃフレンドリーに挨拶《あいさつ》を返してくれた。

「ダンジョンに結構長いこと潜ってたからな。今は下層への階段探してるから、ちょっと奥まで行ってるんだよ。それよりライアは？　まだ？」

「まだだなぁ。出てきたらいの一番に教えてやっから」

「ホント健気すぎて涙が出るわ」

腕で涙を拭《ぬぐ》うようなフリをして見せて、ひげのおっちゃんがにかっと笑う。

こんだけ足しげく通ってるんだから、からかわれるのはもう仕方がない。それでもちょっとだけ唇が尖《とが》ってしまった。

「別に健気ってワケじゃねぇよ」

「健気だろ。宿もいつの間にか塔のど真ん前にしやがって。ちょっと高いぞ、あそこ」

「いいだろ、別に」

だって塔の出入り口が見えるんだ。こんないい立地は他にない。ちょっとお高めの宿に泊まれるくらいは稼いでるし、問題ないったら問題ない。

「まぁまぁ、今回はちょっとは長く町にいるのか？」

ひょろ長のおっちゃんが笑いながら話を変えてくれて、オレは速攻でその話にのった。

「うん。やっぱり深層ともなると魔物も強くてさ、結構ダメージくらったから、ちゃんと回復してからまた潜る。次はもう一層下まで行きたいし」

「そっか、頑張れよ」

「お前のライアが出てきたら、宿まで教えに行ってやらぁ」

「よろしくお願いします！」

オレが全力で頭を下げたから、オレをおちょくってたひげのおっちゃんも「しょうがねぇなぁ」と笑って、本当に教えにきてくれるって約束してくれた。もう恥も外聞もない。二年も待ってすれ違ったら笑い話にもならないんだから。

おっちゃんたちと別れて塔の目の前のオシャレな宿に入る。

塔の出入り口が見下ろせるいつもの窓辺に座って、買ってきたエールをちびちび飲みながら、門が閉まるまでの時間を夕焼けと共に過ごした。

宵の鐘が鳴ったら明けの鐘までは入る事も出る事もできないらしい。

門が閉まるギリギリまで「出てくるかも」って期待して、門が閉まったら落胆する。もう何百回と繰り返してるんだから慣れっこじゃあるんだけど、やっぱり門が閉まる瞬間は切なくて胸がキュッとなってしまうんだ。

「今日もダメかぁ」

宵の鐘を聞いたら窓からおっちゃんたちに手を振って、飯を食ったり洗濯したり風呂《ふろ》に入ったり酒を飲んだり。その日やるべき事を集中してやるのがルーティンだ。

ライアがいた頃《ころ》はダラダラしてよく困った顔されてたけど、今はやりたい事があるから雑事はテキパキ済ませる事にしてる。オレも結構大人になった。

ま、やりたい事って言ってもアレだけど。

ポーチの中からいつもの三点セットを取り出して、オレはいそいそとベッドに向かう。

ライアから貰《もら》った二つの手紙と、オレらの宝物の守護石。

手紙には悔しくて悲しい言葉がいっぱい並んじゃいるけど、この手紙と守護石さえあればライアの顔なんて思い出し放題だ。

ベッドに入ってライアの顔を、声を思い出す。

なんでもすぐ口に出すオレと違ってライアはなんでも考えてから喋《しゃべ》る方で、いつだって穏やかな声で、冷静な話し方をするヤツだった。

高くも低くもない耳当たりのいい声。オレはあの声でカーマイン、って名前を呼ばれるのが好きだった。

ガキの頃から、一番たくさん聞いたあの声。

「俺、カーマインが好きだ……」

そう呟《つぶや》く時だけ、アイツの声はいつも苦しそうだった。

見上げるとやっぱり顔も苦しそうで。

イヤなヤツにも知らねぇヤツにも変わらねぇ、微笑《ほほえ》んだような顔ばっかしてたアイツ。感情が読みにくいってよく言われてたけど、オレへの気持ちを吐く時だけは、心底困り果てた悩ましげな顔だった。

「……は、ぁ」

もう一回あの顔で、あの声で、「カーマインが好きだ」って言ってくれねぇかなぁ。

そうしたら今度こそ「オレも！」って飛びついて、押し倒して、チューしまくって、泣きが入るまで抱き潰《つぶ》してやるのに。

アイツの端整な顔が快楽でグズグズに蕩《とろ》けるまで甘やかして、翡翠《ひすい》みたいな緑色の瞳《ひとみ》が涙で濡《ぬ》れるまでゆさぶって、声が枯れるまでアンアン言わせてやるのに。

そんな妄想をしては自慰に耽《ふけ》る。

頭の中のライアはいつだってオレから与えられる快感を素直に受け止め、貪欲《どんよく》に求めていた。

アイツの白い肌も、薄いピンク色した小さな乳首も、あんまりじっくり見た事はないペニスも、触って舐《な》めて捏《こ》ねて撫《な》で回して、オレより華奢《きゃしゃ》で細い腰を掴んで突きまくってやりたい。

アイツがカーマイン、カーマインって泣きそうな顔で、声で、オレを呼ぶ様を思い描くだけでオレの熱杭《ねっくい》は何度でも勢いよく復活する。

大切に甘やかして、アイツが飽きるくらい好きだ、愛してるって囁《ささや》いて、オレもアイツの事をこんなにも好きなんだって、ちゃんと分からせてやりたかった。

出しても出してもこの熱が全然おさまらないのはたぶん、本当にアイツの中に突っ込んでひとつになったたって満足感があるワケじゃないからなんだろうなぁ。

初めてアイツで抜いた時には「嘘《うそ》だろ、おい！」って叫ぶ程度には、アイツで勃つって事に驚いたオレだったけど、一線を越えてからは一切の躊躇《ちゅうちょ》がない。

ていうか今となっちゃ、むしろなんでアイツじゃない人間をこれまで抱けてたのか分からないレベルで勃ちっぷりが違う。

アイツの痴態を思い浮かべながら、満足するまで何度も何度も自分の手で果てた。

ああ、早くライアが『聖騎士の塔』から出てこねぇかなぁ。

アイツがいなくなってから、オレは何をしててもどっか何か足りない……ぽっかり穴が空いたみたいな寒さを感じてる。アイツがいた時はそんなのまるで気がつかなかった。

きっとオレは、アイツが傍にいるだけで充分に満たされてたんだ。

かけがえのないオレの半身。

傷が増えてても、めっちゃごっつく成長しててもいい。アイツが生きて、アイツのまま帰ってきてくれたらそれでいい。

腕の中でアイツが幸せそうに眠る、そんな姿を思い浮かべながら、オレは今日も一人寂しく眠りについた。

【ライア視点】最後の試練

聖龍様の転移によってその居城に招かれた俺は、呆然《ぼうぜん》とあたりを見回した。

広くて白い空間に、大きな長椅子がドンと鎮座していて、フカフカそうなクッションに埋もれるように聖龍様がゆったりと身を横たえている。

「よくここまで辿《たど》り着《つ》いた。まずはそこにお掛け」

「あ……はい」

指さされた方を見たら確かに応接セットっぽいテーブルやソファがあった。聖龍様がいる長椅子と比べたら存在感がなくて、目に入らなかっただけだ。

「さて、まずは九階の褒美をとらせようか。そこから奥の部屋が見えるであろう？　様々な宝物が置いてあるから、好きなものを選びなさい」

あの部屋か……。

確かに奥の部屋にはこんもりと宝物っぽいのが積まれた空間があるが、見るからに大量すぎて目当てのものを探し出すだけで相当な時間を食いそうだった。

「あの、できれば丈夫で切れ味のいい大剣をいただけますか？」

聖龍様がきょとんとした顔で俺を見つめてくる。

「剣？　ライアの得物《えもの》はスピアではないか」

「俺じゃなくて、塔の外で待ってる幼馴染《おさななじみ》のために欲しいんです。その……随分と待たせてしまったと思うから」

「ふぅむ」

なぜか、聖龍様は難しい顔でうなり始めた。

「ダメですか……？」

「いや、ダメというわけではない。素晴らしい業物の大剣もあるし、問題はないのだが……この塔を踏破したのはおぬしであろう。私としてはおぬしが使うものを褒美として授けたいのだが」

「俺はこの塔で充分に素晴らしいソードスピアを買えてるんで、大丈夫です」

「だがなぁ」

「キューも授けて貰ったし、これ以上望んだらバチがあたります」

まだ悩んでいるらしい聖龍様にそう言って笑ったら、少しの間考えていた聖龍様が何やら小さく呟いた。

「九階の褒美は私が勝手に選ばせて貰うとして」

聞こえてしまった内容に、ちょっとだけ落胆した。カーマインの剣はダメらしい。けれど、そもそも褒美は聖龍様のご厚意でくれるものだ。あまりわがままを言うものでもない、と反省した。

カーマインには、自分で素晴らしい剣を買って、プレゼントすればいいんだから。

そう考えていた俺に、聖龍様はなぜかにっこりと微笑んで見せた。

「どうしても大剣が欲しいのであれば……ライア、私と戦ってみるかい？」

「えっ!?」

何の脈絡もない、しかも穏やかに長椅子に横たわっている聖龍様から聞こえてきたとは思えない物騒な言葉に、俺は思わず声をあげた。

聞き間違いか？

「ふふ、そう驚かなくともよい。一定以上の聖力を貯《た》めた状態でここに辿り着いた者には、必ず聞いている問いではあるのだよ」

「はぁ……」

「ライアに関して言えば聖力は充分に貯まっているし別に戦わずとも時間をかければ聖魔法は最高位まで充分に覚えられるのだ。だが、私との戦いの中でホーリーを引き出せれば、その戦いの中で全ての聖魔法をその身に備えられる」

「ホーリーって……聖属性の攻撃魔法で最高位の……？」

「うむ、そうだ。不思議なものでな、ここまで辿り着いた冒険者たちは、総じて戦う事を望むのだよ。血が騒ぐのであろうなぁ。最強たる龍種と剣を交えてみたいと皆言うのだ」

「確かに……」

それは、魅力的かも知れない。

「それで、私に少しでも本気を出させた強者《つわもの》には、一瞬で聖魔法を授けてやるという褒美を与える事にしたのだが、やってみるかい？　今回は特別に、副賞としてライアが望む大剣もつけてあげよう」

「戦います」

「即答だな。よほどその大剣が欲しいと見える」

聖龍様は穏やかに微笑《ほほえ》む。

「大剣も授けて欲しいですし、早く外に戻る事ができるなら、その方がいい。待たないでくれ、とは伝えたけど、もしかしたらまだ待ってるのかもと思うと、俺……」

「ふむ、よほど大切な人なのだね」

「はい」

「よかろう、頑張りなさい。今までホーリーを引き出せた者はごく僅《わず》かだ。私は強いよ？」

優しい笑顔のままゆっくりと立ち上がり、聖龍様が舞うように手を差し伸べる。

瞬間。

聖龍様の部屋とは違う、広大な空間へと飛ばされていた。

天井も壁もどれほど離れているのか分からないくらいだだっ広い空間で、まるで世界から切り離されたみたいな気分だ。

「せっかくだ。本来の姿で相手をしよう」

聖龍様がそう言った途端、聖龍様の体が掻《か》き消えて、いきなり目の前に巨大な龍が現れた。

白銀の鱗がキラキラと煌《きら》めく、この世のものとは思えないほど神秘的で、美しい龍だった。

こんなに美しい神様みたいな生き物に、攻撃なんかして傷をつけてもいいものだろうか、とむしろ心配になるレベルの神々しさに、思わず見とれてしまう。

ところが。

目の前の白銀の龍は、床が震えるほどの咆哮《ほうこう》をあげると、俺を踏みつぶそうとでもするように、巨大な足を振り下ろしてきた。

「うわっ!?」

慌てて飛びのいて、ソードスピアを構える。

聖龍様である筈《はず》の白銀の龍は、グルルル……と低いうなり声をあげて、俺を睨《にら》んでいた。

目が合った瞬間、強大な魔物と相対したような、強烈な恐怖が背中を走る。

だが、ここで逃げるわけにはいかなかった。

カーマインのためにも、俺はこの美しい龍に認めて貰《もら》わなくてはならない。ソードスピアを握る手に力を込め、俺は吠《ほ》えた。

「うおおおおお!!!!」

思い切って斬りつけた。

聖龍様の白銀の体に、赤い傷が走る。

けれど一瞬の後に、すぐに美しい淡い光が傷口を包み、傷口はあっという間に塞《ふさ》がっていく。俺の背の三倍ほどはある体躯《たいく》に傷を与えるだけでも骨なのに、回復も自在とは、やっぱりなかなかに恐ろしい相手だ。

しかも知能がべらぼうに高い……俺たち人族なんか足元にも及ばない叡智《えいち》を有する存在だという事は分かり切っている。

カーマインなら、どうする？

考えて、すぐに頭を振ってその考えを追い出した。

力の差は歴然すぎるほどだ。うだうだ考えてる暇があったら、あいつならこの強大な敵に全力で斬りかかっているだろう。

「キュー！　強化魔法をできるだけ重ね掛けしてくれ！」

使えるカードは、惜しみなく使う。俺の全力をもって、聖龍様に対峙《たいじ》したい。

＊＊＊

俺の荒い息だけが、広い空間に響く。

心が折れそうだった。

どれくらいの時間、こうして戦っているのか。

攻撃が通らないわけじゃない。斬りつけても突《つ》いても、しっかりとダメージは入るのに、一瞬で回復されてしまってダメージが蓄積されないのが見ていてもはっきりと分かる。

聖龍様は俺の攻撃を受けながらも、まるで俺に聖魔法の種類を見せているかのように、様々な聖魔法で攻撃を繰り出してくる。キューの回復魔法がなかったら、俺はとっくの昔に命を失っていたに違いない。

どうすれば一矢報いる事ができるのか。

この巨体に、一番効率よくダメージが入る場所……！

何度か狙《ねら》ってはみたが、肉が厚すぎて俺のソードスピアでも心臓に到達するのは難しい。通常なら同じ場所を何度も斬りつけたりもするのだが、回復が早すぎてその手も使えない。巨体すぎて頭や目、口を狙うのは難しい。

……カーマインなら、きっと。

考えている間、俺の攻撃がやんだのが隙になったのか。

チリ、と首筋に嫌な痛みが走った。ヤバい攻撃が来る時に感じる、予感のようなものだった。

瞬間、聖龍様の口がガパッと信じられないくらいに大きく開いた。

「ブレスだ！！！」

俺が叫ぶと同時に、俺の腕の中のキューも、かつてない眩い光を放つ。目を閉じていても強く光を感じるほどの鮮烈さだった。

「！！！？？？」

吐かれたブレスが、目の前で弾かれていく。

「バリア……？」

バリアなのか、結界なのか、確かに俺は何かに守られている。

「キュー！　お前、すごいな！」

頼れる小さな相棒に感謝しつつ、俺はあえて結界から飛び出した。

これまでにないチャンスだった。

ブレスを吐くために、だいぶ首が地面に近づいてる。

頭や口には届かないが、首なら……！

「うあっ！！！」

首にソードスピアが突き刺さろうとした瞬間、聖龍様の首が急に激しく動いて、俺を弾き飛ばした。床をゴロゴロと転がって、なんとか起き上がった俺に、キューがすかさず回復魔法をかける。

くそっ！　もう少しだったのに……！

もう一度、と聖龍様を見上げた俺は、恐怖で体がすくみあがった。

聖龍様から、俺でも分かるくらい膨大な魔力が立ち上がっている。まるで陽炎《かげろう》のように膨れ上がった魔力は、大量の光の矢を形作っていった。

動けない俺を守るように、キューの小さな体が目の前に現れる。

またキューを犠牲にするのか。

頭を殴られたような気持ちだった。

「ダメだ、キュー！！！」

俺の目の前に躍り出たキューの体を必死で抱き込む。

結界が俺たちを包み込んだその瞬間、聖龍様から奔流とも言えるほどの光の波が放たれた。

あまりにも強い光に、キューが張った光の結界は呆気《あっけ》なく砕け散り、数えきれないほどの光が、火花のように俺の体中に降り注ぐ。

肉を、骨を、細胞を、無数の光が貫通していくのが感覚で分かる。眩《まぶ》しすぎて目なんて開けていられない。

けれど、不思議な事に痛みは感じていなかった。

「……？」

「合格だ」

突然、落ち着いた声が響く。

見上げたら、いつの間にか人型に姿を変えた聖龍様が、穏やかな微笑みを湛《たた》えて佇《たたず》んでいた。

「すまぬな。ちと興がのって、本気でホーリーを放ってしまった」

「今のが……ホーリー？」

最高位の攻撃魔法だと聞いたのに、俺の体には結局傷ひとつついていなかった。

「そう、これがホーリーだ。本来は無数の光の矢が波のように体を貫いて、巨大な体を持つ魔物でも仕留められる、攻撃力の高い魔法だよ」

聖龍様が楽し気に笑う。

「けれど、せっかく魔法を教えるのに、殺してしまっては元も子もないであろう？　今のホーリーは特別性だ。あの光の矢を用いて、おぬしの体の中に聖魔法の術式を直接打ち込む仕様になっているのだよ」

「……」

言葉もない。聖龍様のとんでもなさを思い知った気持ちだった。俺がキューの力も借りて全力で挑んでも、聖龍様にとっては児戯にすぎないのだろう。

「しかし、強くなったな。塔に入ってきた頃《ころ》のおぬしとは、同じ人物とも思えぬほどに動きが洗練されていた。私の喉笛《のどぶえ》を狙ってきた時は、さすがに肝が冷えたぞ」

「俺が強くなったんじゃなくて、キューと……カーマインのおかげです。聖龍様に通じるとは思っていなかったのですが、どうしても一矢報いたくて」

「龍種の命を取ろうという気概は気に入った。おぬしはホーリーを授ける価値がある人物だ」

「……！　ありがとう、ございます……！」

嬉《うれ》しすぎる言葉に、俺は言葉を失った。

「しばらくは私の居城で鍛錬していきなさい。魔力量の底上げも必要であろうし……私が授けられる聖魔法は既におぬしの中に内在しているが、効能と使い方くらいは一通り教えておかぬと、いざという時に使えぬからな」

「お願いします」

「大剣も、私が良いものを選んでやろう。おぬしの……カーマインとやらのためにな」

「……ありがとうございます！」

やり遂げた。

心から安堵《あんど》と喜びが沸き上がってきた。

【カーマイン視点】もしかして。もしかして……！


「あー、だいぶマシになったかな」

首をコキコキと鳴らしながら、オレは大きく伸びをした。

ダンジョンから戻って一週間も経《た》てば体もだいぶ復調してくる。

ポーションを使うまでもないケガは塞がったし、溜《た》まってた疲労も取れた。いい加減部屋の中での筋トレにも飽き飽きしてきたし、武器屋もいくつか冷やかしてめぼしい剣も見繕ってある。

そろそろ新しい剣を買って、しばらく振って手に馴染《なじ》ませたら、またダンジョンに潜ってもいいかも知れねぇなぁ。

まだ太陽も真上にある昼日中、宿屋の窓辺に座っていつものように『聖騎士の塔』の出入り口を見下ろしながら、そんな事をぼんやり考えていた。

そろそろライアが出てくるんじゃないかと思うとなかなか宿を離れがたくて、ついつい長居してしまう。なんせてっぺん直前の階層でライアと会ったって情報が入ってるんだ。出てくる日だって近いんじゃないかって期待するのは仕方ないだろう。

聖魔法を習うのって時間がかかるのかな。

一週間くらいで出てくるヤツもいるってくらいだし、そんなに時間はかからないのかも……とも思うけど、それはクソみたいな魔法だからって事も考えられる。

ライアはめっちゃ時間かけて『聖騎士の塔』を攻略してるワケだから、覚える魔法が多くて、時間がかかるのかも知れないけど……ここからまた半年、とかかかるのはさすがに勘弁して欲しい。

最悪、十年だって待つって思ってたのに、もう少しで会えるのかもっていったん思うと、会いたくて会いたくて、気持ちが抑えられない。

ライア……今、何してるのかな。

塔の中でライアに会ったヤツらの話を聞く限り、ライアは塔に入った頃の印象とあんまり変わってないみたいだった。

ソードスピアはすっごい高価そうなのになってたって言うし、変な魔物を連れてたなんて話もあったけど、ライア本人はいたって元気そうだって事だし、なにより体の一部を失うようなケガもしてないみたいなのが嬉しい。

ライアが帰ってきたら。

何百回も何千回も繰り返してきた妄想が頭をもたげ始める。

こうなると、気がつくと平気で何時間も経っちまうからタチが悪い。前はそんなでもなかったんだけど、ライアが塔から出てくる日が近いかも、と思えるようになった頃から、もう妄想が止まらなくて困る。

酒を飲めば一緒に飲みたいなと思うし、ダンジョンに潜ればアイツの知らない転移ポイントの事を教えてやったらどんな反応するのかな、とか楽しみで仕方なくなる。美味《うま》いものを食っても、店で面白いもん見つけても、考えるのはアイツの事ばっかりだ。

風呂《ふろ》に入ればパンツ一丁でうろうろしてアイツにしょっちゅう怒られてたなぁ、とか懐かしいあの頃の事を思い出しちまう。

風呂といえば、オレが今アイツと一緒に風呂に入ったらどうなるのかとか、アイツの肌をじっくり見たいとか、なんならエロく洗ってやりたいとか、そりゃもう妄想がはかどるんだが、やっぱりライアもそんな事を考えて、悶々《もんもん》としたりしたんだろうか。

「……」

思わずニヤリと口元が緩む。

あんな涼しい顔して、俺の事エロい目で見たり、エロい妄想したりしてたんなら、それはそれで面白いな。

ガキの頃は頭を撫《な》でたりハグしたりなんて普通で、アイツのあったかさや肌の滑らかさなんて普通に感じる事ができてた。

アイツは他人に触ったり触られたりなんて嫌いだったのに、俺にだけはそれを許してくれてたんだよな。ハグしても大人しくしてたし、俺が「撫でて」「ぎゅってして」ってねだれば、困った顔をしながらでも絶対に撫でてくれたし、ハグしてくれてた。

大人になるにつれてこっ恥ずかしくなって、あのぬくもりを手放してしまったけど、今となってはあのぬくもりこそがオレにとって手放せないものだったんだと分かる。

アイツが帰ってきたら、思いっきりハグしてやるんだ。

そんなしょうもない事を考えながらも、目はいつだって『聖騎士の塔』の出入り口を見つめてしまう。いつの日か、そこからライアが出てくるかも知れない。そう思うと、塔の門が閉まる時刻が来るまでは、目を離す事なんてできないんだ。

「確かに、健気だな」

門番のおっちゃんたちにからかわれるのも当たり前だ。

今だって片時も目を離せずに、こうして塔からライアが出てこないかって、一瞬一瞬を目を凝らして見てるんだから。

自分に苦笑しつつ、それでも塔の出入り口を一心に見つめていたオレは、眼下に見えたものに声にならない叫びをあげる。

「……………！！！！」

窓にバッと張り付いた。

角度的に顔が見えないけど、あのキラッキラした銀色の髪！

ピンと伸びた背中。

すげーゴージャスになってるけどソードスピア持ってるし、ソロみたいだし、槍《やり》振り回してる筈《はず》のくせに細くて白い腕も全体の雰囲気もオレが知ってるライアそのもので……。

あれって、もしかして。

もしかして……！

息ができない。鼻の奥がツーンと痛くなってくる。

ジワッと涙が浮かんでふるふるしてたら、門番のおっちゃんたちがこっちを見上げて、目が合ったと思ったら大きく頷《うなず》いてくれた。

やっぱり。

ライアだ！

そう確信した瞬間には足が動き出していた。

部屋を飛び出して、階段なんて何段飛ばしで駆け降りたかも分からない。

もう階段を降りるのももどかしくなって、宿の二階の窓から直接、塔の入り口に立つライアっぽい人に向かって飛び降りた。

「うわっ!?」

ライアっぽい人の目の前に着地して、勢いよく顔を上げる。

驚愕《きょうがく》の色を浮かべて俺を見ているのは、ずっとずっと見たかった、忘れようもない翡翠《ひすい》の瞳《ひとみ》だ。

ああ、間違いない。

「ライア！！！」

「えっ、あっ、カーマイン!?」

ライアだ。

本当にライアだ。

ずっと見たかった顔が、目の前にある。

「やっぱりライアだ！！　この野郎、勝手な事しやがって！！！」

文句だっていっぱい言ってやりたかったのに、涙がボロボロ出てきて、胸があんまり熱くなって、それだけしか言えなかった。

ライアが二度と逃げたりしないように、抱きついてがっつり拘束するくらいしかできなくて、ただただぎゅうぎゅうに抱きしめて泣いた。

このぬくもりが自分の腕の中に戻ってきた事がひたすら嬉しくて、涙が止まらない。

「ライア……ライア……」

「ごめん……ごめん、カーマイン」

困ったみたいなライアの声が聞こえて、ああ本物のライアの声だ、って感動する。

生きてた。

会えた。

もうそれだけで良かった。

「おいおい、もう。しょうがねーなぁ」

「二年だぞ。そりゃあ泣くって」

おっちゃんたちの呆《あき》れた声と同情する声が聞こえるけど、涙も止まらねぇし湧《わ》き上がる感情も抑えられない。

抱きしめた体が温かくって弾力があって、鼓動が体に伝わってきて。それがもう死ぬほど嬉しくて、体の奥からよく分からない熱い波が込み上げてきた。

もう嗚咽《おえつ》しか出ない。

「カーマイン。ちょっと落ち着けって」

ひげのおっちゃんの声が聞こえるけど、返事なんかできる状況じゃなかった。

「だなぁ。可哀想《かわいそう》だがお前のライアはギルドに報告に行かなきゃなんねぇ」

「そう、そういう決まりなんだ」

「おいカーマイン、聞こえてるか？　ライアが行って戻ってくるまで、お前は詰所で待ってた方がいい。ちょっと外に出られねぇ、すげぇ顔になってるぞ」

「それがいいなぁ」

おっちゃんたちが口々にそう言ってくれるけど、オレはブンブンと頭を振って全力で拒否した。

オレが頭を振ったせいで、ちょっとだけ離れてしまった体をもう一回ぎゅっと抱きしめて、ライアの首元に顔を埋《うず》める。

そんなよく分からねぇ決まりなんてクソくらえだ。だってあんなに待って待って待って、ようやっと会えたのに。

もう二度と、ライアの手を、体を、離したくなかった。

【ライア視点】ごめん、カーマイン

聖龍様からなんとか聖魔法を教わって塔から出た俺が、門番の人たちにお礼を兼ねた報告をしていた時だった。

「うわっ!?」

上から人が降ってきて、突然目の前に着地したもんだから、さすがに驚かずにはいられない。完全に虚をつかれた俺の前で、降ってきた人は勢いよく立ち上がって俺の顔を覗《のぞ》き込む。

「ライア!!!」

「えっ、あっ、カーマイン!?」

「やっぱりライアだ!!! この野郎、勝手な事しやがって!!!」

いきなり渾身《こんしん》の力で抱きつかれ、中身が出るかと思うくらい締め上げられた。

一瞬しか顔が見えなかったけど、あのツンツンした真っ赤《まっか》なくせっ毛と真っ赤な瞳は間違いなくカーマインだった。二年前より随分と背が伸びて俺より高くなってるし、体も分厚くなって印象が変わってるけど、それでも長年一緒に成長してきたんだ、分からないわけがない。

でも、手紙に「待ってる」とは書いてあったけど、まさか塔から出た直後に、こんなにいきなり顔を合わせるなんて思ってなくて、驚きすぎた俺は完全に思考停止してしまっていた。

ボタボタと俺の鎖骨のあたりに水が落ちてきた感触で、真っ白になっていた頭がようやく働き出す。それでやっと俺の鎖骨を濡《ぬ》らしているのがカーマインの涙だと理解できた。

カーマインが泣いてる。

こんなにも泣いているのを目の当たりにするのは、デカくなってからは初めてだった。

俺をギリギリと締め上げながら、首に顔を押しつけて泣いている。声を殺して泣いているのが、余計に俺の胸に刺さった。

手紙ひとつで納得して貰《もら》えるだろうなんて思っていた俺は大馬鹿だったんだと思い知る。俺の背に回った腕がぶるぶる震えていて、カーマインの心情を如実に伝えていた。

俺の身勝手な行動は、こんなにもカーマインを傷つけていたのか。泣くほど心配させてしまっていたのか。申し訳なくて自分が不甲斐《ふがい》なくて、詫《わ》びる事しかできない。

「ごめん……ごめん、カーマイン」

抱きしめ返そうとして、そんな資格があるのかと自問する。

塔を出たら会えるんだろうか、どう謝ればいい……とあれほど逡巡《しゅんじゅん》したというのに、いざカーマインを目の前にすると、ごめん、以外の言葉が出てこない。こんなに泣いてるカーマインに、何を言えば、何をすればいいのか分からなくて、俺は途方にくれた。

「おいおい、もう。しょうがねーなぁ」

「二年だぞ。そりゃあ泣くって」

門番たちの言葉に、さらに胸が痛む。

もう二年も経《た》っていたのか。俺が二年もカーマインを待たせて、縛り付けていたというのか。

「カーマイン。ちょっと落ち着けって」

「だなぁ。お前のライアはギルドに報告に行かなきゃなんねぇ。行って戻ってくるまで詰所で待ってた方がいいんじゃねぇか？　すげぇ顔になってるぞ」

随分とカーマインと懇意になっていたらしい塔の門番たちがそう提案してくれたけれど、カーマインはすごい勢いで首を横に振った。

さらにぎゅうっと抱きつかれ、締め付けがさらにキツくなってそろそろ本当に内臓が出そうだ。背をかがめて俺の首から鎖骨のあたりに泣きながら顔を埋めるカーマインからは、絶対に離れないという強い意志が感じられた。

「駄々っ子か！　ああもう、しょーがねぇ。ホントしょーがねーな、お前は！」

門番からビシッと音がするくらい頭に手刀を入れられても、カーマインは顔を埋めたままで、あったかい涙が自分の首筋に流れていくのを、俺もどうする事もできずにいた。

カーマインがこんなに泣いてるのは間違いなく俺のせいだから。

「……っふ、ご、めん、でも、むり……」

「あの、すみません、ちょっとだけでも話す時間を貰えませんか」

ダメもとで聞いてみる。門番たちは顔を見合わせた後一人は天を仰ぎ、もう一人は手を腰に当ててため息をついた。

「ああもう！　分かった分かった！　今日の宵の鐘までにはちゃんとギルドに行けよ」

「あ……ありがとうございます！」

門番たちの温情に感謝する。

「うわ、笑顔まぶしー。こりゃ惚《ほ》れるわ」

「なんならそこの詰所使うかぁ？　中ではサカるなよ」

「その心配はないんで、大丈夫です」

門番たちの軽口に苦笑して、軽く否定した。

恋人たちの再会だと思われてるようだが、実際は俺の片想いで別にそんな間柄じゃない。変な誤解をされるとカーマインも今度彼らと会う時に気まずいだろう。

……貰った手紙の文面で、ちょっと期待してしまった自分はもちろんいるけれど、長い長い片想い期間を経て諦《あきら》めようと誓ったくらいだ。そう簡単に楽観視なんかできない事はこれまでの経験で嫌と言うほど分かっている。

カーマインはそもそも友情に篤《あつ》い男で、喜怒哀楽も激しいタイプだ。生死さえあやふやで長らく会わなかった、家族にも等しい俺と久しぶりに会えた時の反応として、これは充分にあり得る。

「すみませんが詰所、お借りします。カーマイン、歩けるか？」

背中をポンポンと叩《たた》くと、カーマインからグスッという、洟をすする音が聞こえてきた。さっきよりは落ち着いてきたのかも知れない。

「宿……目の前だから。四階、三号室」

俺の首に頬《ほお》をくっつけたまま、カーマインが切れ切れになんとかそれだけを口にする。詰所じゃなくて、宿に行こうと言いたいんだろう。確かに門番たちにこれ以上迷惑をかけるわけにもいかないし、宿に場所を移した方がいい。

「分かった、じゃあ宿で話そう。すみません、ありがとうございました」

門番たちにお礼を言ってから、持っていたタオルを習ったばかりの聖魔法で浄化して、カーマインの顔に当てる。タオルで顔を覆ったカーマインは、やっと俺から体を離した。それでも不安らしく右手だけは俺の腕をガッチリと握ったままだ。

本当に、俺が勝手にカーマインの前から姿を消した事は、カーマインの心の傷になってしまったようだった。

なかなか涙が止まらないらしいカーマインを連れて、なんとか宿屋四階のカーマインがとっていた部屋へと辿《たど》り着《つ》く。部屋に入って扉を閉めるなり、カーマインは俺に飛びついて、また泣いた。

「バカ野郎……ホントに、心配、したんだからな」

「うん、ごめん」

「お前が……父ちゃんや母ちゃんみたいに……オレの知らねぇとこで、勝手に死んでるかもって不安で……生きた心地《ここち》がしなかった」

「……！」

息をのんだ。

自分のした事の残酷さを初めて芯《しん》から理解した。

置いていかれて、ある日急に消息も分からず仕舞いになる空虚感は俺が一番分かっていた筈なのに。あんな世界がなくなるみたいな気持ちを、俺はカーマインに抱かせてしまったのか。

「ごめん……ごめん、カーマイン。俺、酷い事した」

胸が痛くて痛くて、知らずカーマインを掻《か》き抱《いだ》いていた。

カーマインも、俺の背に回した腕にまた強く力を込める。さっきからカーマインが俺をきつく抱きしめてくる気持ちが理解できる気がした。手を離したら、自分の前から消えて死んでしまうと恐怖していたんだろう。

「お前が隣にいない事がこんなに辛いなんて……知らなかった。何しても楽しくなくて」

グスッと洟をすすり上げて、カーマインはようやく俺の首から顔を上げた。

まっすぐに俺を見つめる。

真っ赤な瞳《ひとみ》に、呑《の》み込まれてしまいそうだった。

「もう二度とこんな事するなよ。……お前はもう、一生オレの隣にいろ」

激情が俺を襲った。

好きだ。

好きだ。好きだ。

好きだ……！

まっすぐで、自分の気持ちをいつも素直にぶつけてくれるカーマイン。

ああ、やっぱり、どうしようもなく好きだ……。

あれほど諦めようと誓って塔にまで籠《こも》ったのに、懲りない自分のしつこさに目眩《めまい》がする。こんなに大切に思ってくれているのに、俺はどうして家族のような愛情で返せないんだろう。

体の奥からふつふつと湧《わ》き上がる恋情……いや、欲望が、俺をジリジリと焦がしていく。申し訳なくて情けなくて、俺はカーマインから体を離そうと身じろぐ。これ以上カーマインに触れているのは、それだけで冒涜《ぼうとく》なような気がした。

「ごめん、カーマイン。やっぱり俺は、お前が好きだ……！」

「なんで謝るんだよ」

「ごめん。俺だってこういう『好き』じゃお前の傍にいられないのは分かってるんだ。できる事ならちゃんと気持ちを整理して、カーマインの事を兄弟みたいに大切にしたい。邪《よこしま》な感情を捨てたくてわざわざお前から離れたっていうのに」

泣いてしまいたかった。自分の感情すら制御できない自分が憎い。

「……俺、どうしてもお前を好きな……お前への邪な気持ちを捨てられない」

「バカじゃねーの!?　何がヨコシマな気持ち、だ。この期に及んで捨てるなよ」

カーマインの瞳に怒りが浮かんだ。

「で？　つまり結局お前は、まだオレの事が好きなんだな？」

頷《うなず》く。好きすぎて、全然諦められなくて困ってるくらいだ。

「ならいい。聞いてなかったのか？　オレは、一生オレの隣にいろって言ったんだ。手紙にも浮気すんなってちゃんと書いただろ」

急に不貞腐《ふてくさ》れたような顔になったカーマインは、目を逸《そ》らして小さく言った。

「言っとくけどオレだって、ライアのこと、好きなんだからな」

思考停止した。

「好き……？　カーマインが？　俺を？」

脳が処理してくれなくて、耳に入った言葉をただ反芻《はんすう》する。真っ赤《まっか》になったカーマインは「悪いかよ……」と呟《つぶや》いて、急に凄《すご》んだ声を出した。

「分かってるとは思うけど兄弟の好きじゃねぇからな！　チューして、押し倒して、撫《な》で回して突っ込みたい、の色々欲望込みの『好き』なんだからな？　今さら逃げんじゃねーぞ」

俺は目をパチパチと瞬いた。

直接的すぎる物言いにも驚いたし、なによりカーマインが俺に対してそんな気持ちを向けるという事が、どうしても有り得ない事に思えて実感が湧かなかったのだと思う。

「なんとか言えよもう！」

「ご、ごめん」

「あー恥ずかしい！　二度と言わねぇからな！」

「待って！　待ってくれ！　本当に!?　本当にその、俺の事を好きなのか？　カーマインが……本当に？」

「悪りぃかよ。もうお前じゃねぇと想像でも勃たねぇ」

「……本、当に」

ふはっ、とカーマインが笑みをこぼす。

「呆《ほう》けた顔してんなぁ。本当だって。他の誰《だれ》でもねぇ、お前と一緒に生きて行くって決めたんだ」

カーマインの顔がゆっくりと近づいてきて、チュ、とリップ音がした。

唇に温かい、濡れた感触が二度、三度と与えられ、混乱している間に俺の唇をこじ開けてクチュ、と熱い舌が侵入してきた。

舌を吸われて、カーマインの舌の熱さを体の内側で感じて、脳みそが沸騰しそうだった。想像の中ですらなかなか与えられなかったカーマインからの熱量のあるキスに、胸が震える。

こんな事があっていいのか。

こんな、夢みたいな事が。

「泣くなって。やっとオレの涙が止まったのに、今度はお前かよ」

「……カーマインから触れてくれる事なんて、一生ないと思ってた……」

「もうやめてって泣きが入るくらい触りまくってやる」

冗談めかしてそう言ってから、カーマインは俺の目をじっと見つめて真剣な顔になった。

「ちゃんと信じたか？　オレの気持ち」

頷く。カーマインの目があまりにも真剣で、また涙がじわりと浮いてきてカーマインがぼやけてしまった。

こんなに幸せな瞬間、見逃したくないのに。

ぼやけた中にカーマインの赤い瞳が滲《にじ》んで見える。それがとても嬉《うれ》しい。

「もう勝手にいなくなるなよ？」

「……っ」

コクコクと頷いたら涙がボロっとこぼれて、カーマインが満足そうに笑う顔が見えた。カーマインが俺の涙をグイッと乱暴に拭《ぬぐ》ってくれて、視界がクリアになる。

「絶対だからな。約束、破るなよ？」

そう言ってチュ、と軽くキスしてくれるカーマインは、最高にカッコ良かった。

「あー可愛《かわい》い。お前ってやっぱ美形だったんだな」

顎《あご》の下まで垂れていたオレの涙をグイグイと拭ってくれながら、カーマインが笑う。俺より早く泣いた分、早めに涙から立ち直ったカーマインは、俺がよく知る笑顔に戻っていた。

「せっかくだからこのままイチャイチャしたいけど、やる事やってからだな。お前、ギルドに行かなきゃなんないんだろ？」

「ああ。報告しなきゃ」

「で、塔から出てきたんだから、やっぱ聖龍に会って聖魔法教えて貰《もら》ったのか？」

「ああうん、全部覚えて聖騎士になれた」

「へー聖騎士。……ええええ！？？？」

カーマインがすごく驚いてるけど、正直俺も驚いてる。

結局俺は聖属性の最高位攻撃魔法、ホーリーを習得し、聖騎士の称号を獲得する事ができたのだった。

貯めた聖力の多さによって教えてくれる魔法が違うらしいから、たぶん俺がソロで、塔の隅々まで探索するようなマメなタイプだったのが良かったんだろう。

俺的には塔の一階で聖龍様に出会えてその仕組みを教えて貰えた上に聖力メーターを貰えたからこそ叶《かな》えられた快挙だと思っている。

「聖騎士って……聖騎士？　門番のおっちゃんたちが、数百年で何人かしかいないって言ってた、その聖騎士？」

「それだと思う。俺、すごく運が良かったんだ。あとこれ、お土産《みやげ》」

俺は、大事に腰に携えていた剣をカーマインに手渡した。もしカーマインに会えたら、いの一番に渡そうと思っていたのに、突然色々ありすぎて忘れていた。

「すげ……っ、なんだこの軽さ。見ただけですげぇ剣だって分かる。どうしたんだ、これ」

「聖龍様が持ってる宝の中から何かくれるって言うから、一番性能が良い剣を貰ってきた」

聖龍様が手ずから吟味してくれたものだから、性能の高さは保証付きだ。カーマインを待たせてしまった詫《わ》びであり、この剣と共にこれまでの感謝を伝えたいと思っていた。

もっと値がはるものはいくらでもありそうだったけど、俺たち冒険者にとって大切なのは価格じゃなくて性能だ。デザインはシンプルで刀身も細い。けれど特殊な金属でできているらしく、切れ味と耐久性が抜群に良いのだと聞いた。

きっと、俺の代わりにカーマインを永く守ってくれるだろうと思っての選択だった。

「せっかく何かすごい宝物を貰えるなら、カーマインのためのものが欲しいと思ったんだ」

「え、なんで」

「俺のせいでカーマインをこの町に縛り付けてしまったから……そのお詫びと、これまで一緒にいてくれた感謝の気持ち」

「ライア……」

「ごめんな。色んな土地に行って、行く先々で色んな人を守るってのがお前の夢なのに、二年もここに足止めしてしまった」

俺の言葉に、カーマインの眉毛《まゆげ》がきゅ、と悲しい形になった。俺の胸もきゅ、と痛む。

「手紙を貰って、もしかしたら塔を出た時にカーマインが待っててくれてるのかも知れないと分かったら、カーマインの夢を随分と邪魔してしまった事、どうしても詫びたかったんだ」

「あのなぁ、ライア」

カーマインの声音に、ちょっと咎《とが》めるような色が混ざる。

「お前は分かってないんだろうけどさ、その夢だってお前が一緒じゃねぇと意味ねぇんだよ」

「……っ」

拗《す》ねたような顔でそんな風に言われて、俺は胸を突《つ》かれたような気持ちになった。カーマインがそんな風に思ってくれていたなんて考えた事もなかった。あの夢が、まさか俺と一緒に叶える事が前提条件だったなんて。

「ごめん……」

自然と俺が謝った瞬間、カーマインが嬉しそうに笑った。

俺が大好きな、太陽みたいな笑顔だった。

「俺もごめん。ライアはずっと好きって言ってくれてたのに、俺が真剣に応《こた》えなかったのがそもそも悪かった。すげぇ悩ませたよな、ごめん」

「カーマイン……」

さっきとは打って変わって、ものすごく申し訳なさそうな顔。くるくる変わる表情をまたこうして一番近くで見る事ができるなんて。

「なのに、せっかく褒美が貰えるって時に俺の剣貰ってくるなんて、ホントにお前らしいよ。ありがとな、気持ちは嬉しいからありがたく貰う。どう見てもすげぇ剣だし」

「うん。貰い物で申し訳ないけど、こんなに素晴らしい剣はどれだけ大金を積んでも手に入らないと思う。俺の代わりにカーマインを守ってくれるんじゃないかって思ったくらいだから」

「お前なぁ……ま、いいや。この剣にも守って貰うけど、これからは隣で、互いに、守っていくって約束しろ」

カーマインは呆《あき》れたみたいな声を出したけれど、改めてぎゅ、と抱きしめてくれた。

【カーマイン視点】オレとライアの成長

ライアが気軽に『お土産』ってくれた剣は、オレが買おうと思ってた剣なんか比べ物にならないくらい、すごい剣だった。

初めて持つのに手に馴染《なじ》んで、少し振ってみただけでも振り抜きやすい重さだってのが分かる。しかも切れ味よく耐久性が高いなら、思う存分剣を振るえるワケだ。めちゃくちゃありがたい。

さっきまではライアしか目に入らなかったけど、よく見たらライアの装備ものすごい。ソードスピアもアーマーも白銀のカッコいいデザインで、いかにも聖騎士って感じの出立《いでた》ちだ。

しかもライアの顔の隣でふよふよ浮いてる変な丸いものもいる。これがもしかして、冒険者が『塔に出る魔物を従えてた』って言ってたアレなんだろうか。

ライアは二年の間にオレの想像よりも遥《はる》かにレベルアップしてしまったらしい。

「つーか、よく見りゃライアの装備もすげーな」

「うん。塔の中にある店の品揃えがすごかったし、聖龍様からも褒美を貰ったから」

「しかもまさか本当に聖騎士になって帰ってくるなんて思わねーじゃん。すげぇな、お前」

「……ありがとう」

気持ちのままに褒めたら、ライアは照れたみたいに笑った。

「俺はカーマインと違って槍《やり》も魔法も体力もそこそこだったから、どうしてももっと使える魔法の幅が欲しかったんだ。これから上の依頼を受けるのは俺じゃ難しそうだって思ってたから」

それで聖騎士にまでなるってどんだけだよ。ちょっと悔しい。

「参ったなぁ。オレだってお前に負けねぇようにって結構頑張ったのにさ、絶対めっちゃ実力差あると思う」

「カーマインがすごく頑張ってたっていうのはよく分かる。体や腕が随分大きくなってる。すごく鍛えたんだろ？　それに身長だってびっくりするくらい伸びた」

ライアはそう言って優しい目でオレを見上げる。いつの間にかオレ、ライアの背を追い越してたんだなぁって思うと感慨深い。

聖騎士になったっていうんだから随分強くなってると思うのに、ライアは塔に入る前とそんなに姿形も話し方もあんまり変わってないみたいだ。

装備が立派になって、サラサラの銀髪がサラサラのままめっちゃ伸びてるだけ。白くて細くて穏やかな、オレのライアのままだった。

「それにカーマイン……細かい傷がいっぱいあるな」

「あー、そりゃしょうがねぇよ。ポーションも無駄遣いはできねぇからなぁ」

「そういえば、エリスは？」

はたと気づいたようにライアがそんな事を言うから、笑ってしまった。そうだよな、ライアは二年前の情報で止まっちまってるんだよな。

「とっくの昔に別のパーティーにスカウトされて、別の町に旅立ってってったよ」

「えっ」

目を丸くしているライアにこの二年間にあった事を話しながら、オレらはギルドに行くために部屋を出る。いくら話しても話したりない、やっぱりライアが隣にいるのって最高に幸せだと思った。

さっき迷惑かけちまった門番のおっちゃんたちに詫びを入れてから、ギルドに向かう。そしたらギルドにはもう塔から連絡がいっていたのか、ギルドマスターが表で待ち受けていた。

「遅せーぞ！！！　待ちくたびれたわ！」

「すみません」

「いいからさっさと入れ」

ギルドマスターの後についてギルドに入った瞬間、ギルドマスターがデカい声を張り上げる。

「野郎どもー！　五十三年ぶりの聖騎士様の誕生だぞー！！！！　祝え！！！！」

ウオオオオオオ！！！　という、野太い男どもの歓喜の声が響き渡る。ギルドは久々すぎる聖騎士の誕生に沸き、一目見ようという冒険者たちで溢れかえっていた。

＊＊＊

それから早三時間ほど。

オレはグイグイ酒をあおりながら、一人でぶーたれていた。

『聖騎士の塔』での武勇伝を聴きたい他の冒険者たちに、ライアがもみくちゃにされてて、近寄る隙もないからだ。

ちくしょう、本当はサッと報告してサッと帰って、二人で甘々な時を過ごすつもりだったのに。

だって二年だぞ!?

オレだってライアともっといっぱい喋《しゃべ》って、エロい事も普通にしたいに決まってる。オレがどんだけライアで抜いてきたと思ってるんだ。

でも頑張って聖騎士にまで昇り詰めたライアが、有名な冒険者たちにまで認められて酒注がれまくってんのは嬉《うれ》しいし、でもライアを独り占めできないのは寂しいしで、めちゃくちゃ複雑な心境だ。あんなにガバガバ注がれたら、酔《よ》い潰《つぶ》れたっておかしくねぇぞ。

「ようカーマイン、荒れてるなぁ」

「ライアのヤツ、すげぇな」

「あんだけ美形で聖騎士の称号まで得たとなっちゃあ、女も男もほっとかねぇだろうなぁ」

「ライアはオレのだから、誰《だれ》にもやんねぇ」

呑《の》み仲間が声をかけてきて、オレはついそんな事を口走っていた。だって、ちょっとだけ不安になるくらい、さっきからライアは色んなヤツからはっきり分かる色目を使われている。

もうさっさと連れ帰って部屋に閉じ込めるか、ダンジョンの奥深くに潜って人目に晒《さら》さないようにしたいくらいだ。

「おっ、なんだお前、宗旨替えしたのかぁ？　昔はよく娼館にも行ってたろ」

「そういや浮いた噂《うわさ》ひとつ聞かなくなったもんなぁ」

「逃げられそうになったからな、今はもうライア一筋だ。手ぇ出すなって皆にも言っといて」

「自分で言えや」

ギャハハハ、と笑う呑み仲間たちの軽口に、それもそうだとオレは席を立つ。

「違いねぇ、行ってくる。またな」

後ろからヒュウ♪　とひやかすような口笛が聞こえるけど構ってるヒマはない。ライアを中心としたすげぇ人だかりの中にグイグイと割り込んで、なんとかライアの横まで辿《たど》り着《つ》いた。

「ライア」

「カーマイン！」

ホッとした顔してんじゃねーよ。

「悪りぃな皆、コイツも塔から帰ってきたばっかかで疲れてるから、今日はこれくらいにしてやってくれねぇかな」

「皆、今日は祝ってくれてありがとう」

ライアが笑顔で皆に礼を言う。

ライアを取り囲んでいたヤツらは、女も男も一瞬見惚《みと》れている。無理もない、随分と酒を飲まされて上気している頬《ほお》、トロンとした目はなかなかに色っぽい。

立ち上がった途端にふらりとよろけた体をオレはしっかりと受け止めた。

「やっぱ限界だったか。じゃあ連れて帰るから道開けてくれ」

「ごめんな」

ライアが微笑《ほほえ》めば、さあっと道ができる。ライアに肩を貸してギルドから出る前に、オレは振り返って宣言した。

「あと、コイツはオレのだから、手ぇ出さねぇでくれよ」

そのまま言い逃げたら、ギルドでは歓声だか怒号だか分からない声が一斉に上がっていた。

よし、ちゃんと聞こえたらしい。

「……はは、嬉しい……ありがとう、カーマイン」

ライアが嬉しそうにふにゃりと笑う。

可愛《かわい》いじゃねーか。宿に着いたらめちゃくちゃ可愛がってやる。そう決意して、ふらつくライアを支えながら宿へ帰った。

そのままライアをベッドへおろし、自分もベッドへ乗り上げる。

「服脱がすぞ」

「ん……」

ダメだ。もう目が完全にトロンとしてる。寝ちゃう前にちょっとでいいからこの体に触れて、存在を確かめたいのに。

力の入ってない手足をなんとか持ちあげて服を脱がしたら、真っ白でしなやかな裸体が現れる。

何度も何度も想像しては妄想の中であれこれしてきた肢体が、現実の質感を持って目の前に横たわっているのは、なんというかちょっと感動だった。

暗い部屋の中、窓から差し込む月の光を受けた白い体が浮かび上がって、殊更に綺麗《きれい》だ。

こういう意味でライアの肌に触れるのは初めてで、ちょっと緊張する。ゆっくりとその腹に手を這《は》わすとライアの体がピクリと揺れて、眠りに落ちかけていた目が見開かれた。

「寝てていいから触らせて。ちょっとでいいからイチャイチャしたい」

正直に言ったら、ライアが恥ずかしそうに嬉しそうに微笑む。柔らかな緑色の瞳《ひとみ》がこっちを見て、その瞬間フワッと俺たちの体が光に包まれた。

「なんか光った」

「浄化した。色んな人にべたべた触られたから……今日はカーマインだけ感じたい」

「お前〜〜〜っ」

たまらず、可愛い事を言う唇に飛びついた。

ちゅうちゅうと音を立てるくらい吸って、唇の感触をふにふにと楽しんで、受け入れようと開く唇から口内へと侵入する。

「ん……っ、ふ、んん、ぅ……っ」

熱い舌を存分に縺《もつ》れ合わせてから上顎《うわあご》を優しく舌先で撫《な》でると、ライアの体が震えて、下腹を熱い塊が突《つ》いてくる。

この感触は間違いない。キスしただけで早速ライアは兆していた。気持ちよかったのか、と嬉しくなって唇を解放してやったら、ライアは蕩《とろ》けた顔をして泣いていた。

「夢なのかな、これ……」

「なんでだよ、バカ」

不安そうな声を出すから、子供の時にしてたみたいに、優しく頭を撫でてやる。銀糸のような髪はいまだにサラサラと手触りが良かった。

「だって、聖騎士になれて皆にあんなに祝福されて、カーマインにキスして貰《もら》えるなんて夢だとしか思えない。俺、本当は死にかけてて、幸せな夢を見てるんじゃ」

バカな事を言い出す唇を塞《ふさ》いでやった。

唇を軽くはむはむと食《は》んで、優しく舐《な》めてやってから解放する。

「変な事考えてねぇで集中しろよ。現実だって分かるまで何度だって抱いてやるから」

「抱く？　カーマインが、俺を？」

目を丸くされてむしろこっちが驚いた。まさかとは思うがコイツ……。

「つーかお前、まさかオレに突っ込むつもりだったのかよ」

「だってカーマインが俺に欲情するなんて絶対にないと思ってたから」

当然、って顔された。いやいやいやいやいや。

「お前がいない間、オレがどんだけお前で抜いたと思ってんだ。お前なんかオレの頭の中でガンガンに突っ込まれてアンアンよがってエロい事になってたっつうの」

オレのあけすけな言い方に、ライアの顔がさっと赤くなる。

「お前こそオレで勃つの？　オレに触りたいって思うかぁ？　二年前ならともかく、結構オレ、ムキムキになってきたと思うんだけど」

「勃つに決まってるだろう」

バカな事を言うな、とでも言いたげな顔をされた。

「こっちは十二年も片想いしてるんだ。ずっと、触りたくて触りたくて仕方なかった。今だってこんなに綺麗じゃないか」

下から白い手が伸びてきて、オレの胸筋を愛しそうに撫でていく。

「やっぱり。弾力があってむちむちしてる。浅黒くてハリがあって……いつだって触りたいと思ってたよ」

言うだけあって触り方がエロい。

「意外と体温高いんだな。筋肉がしっかりついてるからかな」

綺麗な顔が近づいてきて、オレの乳首をいやらしく舐めてきた。

「……っ」

ライアはオレの体がピクッと反応したのを見て妖艶《ようえん》に微笑むと、今度は胸の近辺にある大小様々な傷に口付け始める。単純にくすぐったい。

「俺が知らない傷もいっぱいできてるし、ぜんぶ、ぜんぶ探して愛《め》でたいよ。カーマインの二年間もぜんぶ知りたい」

そう言いつつも、ライアはオレの体から唇を離し、またゆっくりと枕に頭を戻した。月明かりの中でライアの顔が冴《さ》え冴《ざ》えと浮かび上がる。

こうして好きなだけライアの顔を見れるってやっぱりいいなぁと思ったら、ライアもオレを熱心に見上げてくる。

「俺だって触りたいよ。……でも」

ふ、とライアが幸せそうに笑った。

「カーマインとひとつになれるなら、もうどっちだっていい」

「オレも！　でもやっぱ、めちゃくちゃ撫で回して可愛いがってアンアン言わしてぇ！」

思いっきり抱きしめて、息もできないくらい矢継ぎ早にキスをした。

【ライア視点】これが『幸せ』というものか

カーマインに力強く抱きしめられて、何度も激しくキスされる。

角度を変え、深さを変え、何度も何度も。

好きなだけキスをして、やっと落ち着いたらしいカーマインは、今度は俺の体をじっと舐めるように見つめ始めた。一般的な男よりは白くて細身だとは言われるが、それでもどこからどう見ても男の体だ。

カーマインは俺とは違う。元々女性が恋愛対象で娼館にだって足繁く通っていたのを知っているだけに、俺の体を見てカーマインの気持ちが萎《な》えてしまうんじゃないかと急に不安になった。

「……あまり、見ないでくれ」

「なんで」

「女性と違って膨らみもくびれもないからな。見ても面白味がないだろう？」

「いつまでそんな事言ってんだ。今のオレにとってはお前の裸が一番綺麗で、一番見たくて、一番興味津々なんだよ」

つい赤くなってしまう。カーマインの率直な物言いが、こんなところで威力を発揮して来るとは思わなかった。

　でも子供の頃《ころ》から……というか、二年前までは互いに上裸なんて普通だったし、カーマインと違って俺は特に筋肉がついてカッコいい体になったわけでもない。こんな時は急に筋肉のつきにくい自分の体が恨めしくなってしまう。

「俺はあんまり二年前と変わってないから、見慣れてるだろう」

「まぁな。でもあの頃はじっくり見てもなかったし、エロい目線で見てたワケでもないからな。むしろ、すげぇ新鮮」

　ニッと笑って、カーマインが俺の肌にゆっくりと指を這わせた。

　僅《わず》かな衝撃で崩れてしまう繊細な素材を扱うかのような、そっと触れるだけの指の動きが、逆に感覚を鋭敏にしていく。酒で感覚が麻痺《まひ》していると思ったのに、カーマインが触れた部分はじんわりと熱を持ったように熱く感じていた。

「綺麗だなぁ」

　感じ入ったように、カーマインが呟《つぶや》く。

「そしてエロい」

　俺の目を見てニヤッと笑ったカーマインは、乳輪の周りを柔らかく撫でると、「見ろよ」と促した。

「たったあれっぽっち触っただけで、乳首もアレもビンビンに勃ってる。お前、意外といやらしい体してんなぁ」

　それは……仕方ない。どうかするとカーマインの声を聞いただけでも勃ってた。

恥ずかしくて目を逸《そ》らしたら、目の端でカーマインの唇が動いて、チラリと舌が見える。その瞬間、乳首をキュ、と摘《つま》まれて俺の体がピクンと動いた。

「……っ」

「実際に触れるの、すげーいいな」

敏感な乳首の先をクニクニと弄《いじ》られて、次第に性感が高まっていく。

「お前がいない間さぁ、お前が戻ってきたらどんな風に触ってやろうかって、そればっかり考えてたんだぜ？」

「……っ、……ふ、んぅ……」

「気持ちいいか？」

「うあっ……」

胸の粒をチュウッと強く吸われ、思わずうわずった声が出る。満足したように笑ったカーマインは、舌先で丹念に粒を弄り始めた。

そこに与えられる刺激が股間《こかん》にまで響くようになった頃には、鼻にかかった声が漏れるのを止められなくなっていた。

頬《ほお》に熱が集まって、得ている快感がそのまま表情に出てしまっている事が自分でも分かる。こんな蕩けた顔を見られるのが恥ずかしくて腕で顔を隠そうとしたけれど、すぐに腕は押さえ込まれてしまって、隠す事もできない。

「隠すなよ。気持ちよさそうな顔、見たい」

その言葉に涙が溢《あふ》れた。

カーマインの方から俺を求めてくれているという事が、単純に嬉《うれ》しくて次から次に涙が溢れて止まらない。

……これが、『幸せ』というものか。

＊＊＊

それからどれくらいの間、そうして二人で時を過ごしていたのだろう。

乳首を散々虐められ、体中の至るところを舐められ吸われ、先走りではしたなく濡《ぬ》れている股間のモノまで擦られて、俺はもはや声を抑える事もできなくなっていた。

何度、もうイかせてくれと頼んだか知れない。

けれどカーマインは決定的な刺激は与えずに延々と俺の体をまさぐっていた。特に尻《しり》の穴の中は執拗《しつよう》なまでに弄られて、そんなところで気持ちよくなるだなんて考えた事もなかった俺は、恥ずかしくて居《い》た堪《たま》れなくて、泣きに泣いた。

「涙でぐしょぐしょだな、お前」

ふ、とカーマインが笑う。

最初は感動の涙、それが幸せの涙になり、羞恥《しゅうち》の涙になり、今や過ぎた快感を逃すための生理的な涙になっている。気持ちよすぎて辛い。

息もできなくなって、ついには回復魔法に頼る羽目になってしまった。

満足そうなカーマインの視線の先、自分の体を見てみたら、全身至るところにキスマークがついている。もはやヤバい病気かと思うほどの数だった。

「はは、エロい眺め」

「カーマインって……こんなに時間をかけて、その、するんだな」

結構な時間が経《た》っているのに、まだ挿《い》れてもいなければ、お互いに出してすらいない。

俺は娼館にも行った事がないから一般的な事は明確には分からないが、さすがにこれが普通だとは思えない。あまりにも長時間続く快感の波に、おかしくなってしまいそうだった。

「いやぁ、娼館とかは時間も決まってるし、向こうも準備万端だから前戯もあんま時間かけたりしねぇけど」

「ふ……ぅあ……、ん」

影が落ちてきて、耳の中をぬるんと熱い舌が舐めていく。

「どこ触ってもお前が色っぽく喘《あえ》ぐもんだから、止められなくなっちまった。それにお前、今日だってギルドで色んなヤツから色目使われまくってただろ。あれ見てたらこう、オレのモンだって主張したくなったんだよな」

そういえば、ギルドで「コイツはオレのだから」って宣言してくれたっけ。

独占欲とも取れる言葉をこぼしながら、カーマインは俺を見下ろしたまま片手でポーションを手にして、歯でキュポンと栓を開けた。

カーマインは俺の腰を持ちあげて、とろみのある液体を尻の割れ目と窄《すぼ》まりに丁寧に丁寧に塗りこめていく。恥ずかしいが、カーマインが嬉々《きき》としてそんな事までしてくれるのかという感動の方が勝った。

「ライア、そろそろいいか？」

「……嬉しい」

嫣然《えんぜん》と笑いながら、自身のいきりたった怒張にもポーションを塗りこめて、カーマインが俺の窄まりに切っ先をあてがった。

ぬりゅ、と亀頭が窄まりを割り開く。

散々カーマインのゴツゴツした指とポーションで解《ほぐ》されたからか、意外なほどあっさりとカーマインの怒張が俺の中に入ってきた。

カーマインは俺をじっと見つめたままゆっくり、ゆっくりと腰を進め、時々眉根《まゆね》を寄せて悩ましい表情を見せる。その表情が、細く吐かれる吐息がたまらなく色っぽくて、俺の内壁はきゅうんとカーマインの怒張を抱きしめた。

「すげぇキツいな。ホントに初めてなんだ」

「あっ……くっ……あ、当たり前だろ……っ」

「聖龍ってこの世のものとは思えねぇ美形だって聞いたからさ、実はちょっと心配した」

バカな事を。聖龍様は確かに美しいお方だったが、あれはもう神の領域だ。俺が欲しいと思うのは子供の頃からいつだってカーマインただ一人だった。

「う……ああ、ん……絶対、ない……！　俺には……っ、カーマインが……一番、だから……」

「お前……っ」

俺の中のカーマインの分身が、さらに大きく、硬くなった。目を瞑《つぶ》りふるふると震えて何かに耐《た》えているようだったカーマインは、波が去ったのかようやく目を開ける。

「カーマイン……？」

「……っ、ライア……っ」

俺と目が合った瞬間、タガが外れたかのように急にカーマインが激しく動き始めた。

「ごめん……っ、優しくしようって思ってたのに……お前、可愛《かわい》いすぎて、止まんない……っ」

切れ切れにそんな事を言いながら、カーマインが俺の中を何度も何度も穿《うが》つ。その荒々しい腰の動きと息遣いに、俺はただ翻弄《ほんろう》されるしかない。

律動の強さに視界が上下に揺れる。圧迫感も痛みも、カーマインと体を重ねている証《あかし》のようで誇らしさすら感じていた。

「ああっ、ああっ、ああっ、ああっ、あ、ああ、ん、カーマイン……っ」

「ライア……っ、やっとだ……！　やっと、ホントのお前とひとつになれた……」

カーマインの声があまりにも切なくて、朦朧《もうろう》としながらも見上げたら、カーマインの大きくて真《ま》っ赤な目から大粒の雫《しずく》が落ちてきた。

まさか。

そう思うのに、大きな目から雫がボロボロとこぼれ落ちてきて、俺は胸がいっぱいになってしま

う。

　カーマインがこんなにも俺を求めてくれるなんて想像した事すらなかった。

「お前ん中、柔らかくて、熱くて、うねってて、最高……！　想像より、万倍すげぇ……っ」

　突《つ》き入れられるカーマインの分身が愛《いと》しくて愛しくて、思わずきゅうきゅうと中を締め付けてしまうのが自分でも分かる。

　だって、十年以上もずっと求めていた存在が、俺とひとつになるために、こんなに必死で動いてるんだ、俺の方がずっとこの熱を求めてる。

「すげぇ気持ちいい……！　ライア……ライア」

　熱に浮かされたように俺の名を呼びながら、カーマインの逸物が俺の中を強引に掻《か》き回《まわ》す。それが熱くて気持ちよくて、刺激される度に体が跳ねてうまく呼吸ができない。

「……ぅ、ん――っあぁ、ああ……っ！　もっと、もっと突いてくれ……カーマインと、もっと、ひとつになりたい……っ」

「そんな不安そうな顔すんな……っ、一生一緒だって、言ってんだろ……っ」

　互いの息遣いと、繋《つな》がった場所から聞こえる粘着質な水音。蕩《とろ》けてしまいそうな快楽。それだけで充分に幸せなのに、もっともっと奥深く繋がりたくて、脚を絡み付け腰を押しつけながら何度もねだった。

「ああんっ、あ、すごい……っ、奥まで、カーマイン！　あっあっ、あっ、奥、すごい、あ、」

「オレも、もうヤバ……っ」

「ひ、あ、あ、あ、ああ――――っっっ」

熱いものが中に爆《は》ぜるのを感じる。息すらできなくてクラクラとした思考の中、カーマインが俺の中で果てたのだと知った。同時に俺の陰茎からも白い飛沫《ひまつ》が迸《ほとばし》る。

一緒にイけたのが幸せで幸せで、俺の頬はまた涙で濡れていた。

力が抜けたようにカーマインの体が俺の上に落ちてきて、ぴったりと密着する。

その重みと汗ばんでしっとりとした温かさが愛しくて、俺はカーマインの背に手を回してぎゅっと抱きしめた。

こっちから抱きしめてもいい関係になったのだという事を、やっと実感として感じられた気がする。これからは、俺から抱きついても、俺からキスしても、俺からこんな営みをねだってもいいんだろうか。

そんな幸せな期待でカーマインの首筋に唇を這《は》わせる。隆起した首の筋肉を唇でやわやわと食みちゅくちゅくと吸ったら、ほのかに汗を感じた。

カーマインの味を感じられる幸せに、舌が動くのを止められない。鎖骨を舐《な》め、胸筋に舌を這わせようとしたところで、唐突にカーマインの上体がむくりと起き上がる。

ぴったりくっついていた体が離れて少し寂しい。

カーマインは俺の顔をジッと見て、熱い息を吐いた。

「やべぇ、全然おさまらねぇ。もっともっとライアが欲しい」

体の中でカーマインの怒張があっという間に昂《たかぶ》っていく。このまま死んでしまいたいくらいに幸せだった。

＊＊＊

翌朝。

酷《ひど》い気怠《けだる》さと喉の渇きを感じながら目を覚ました。身じろぐだけで体中が痛い。股関節《こかんせつ》とあらぬところの痛みに呻《うめ》いて、とりあえず治癒の魔法を自分にかけた。

「目ぇ覚めたか？」

隣から声が聞こえて振り向けば、カーマインの顔が至近距離にあって驚く。そして、顔と一緒に目に入った浅黒い裸体には、いくつかのキスマークが浮かんでいる。

昨夜夢中になって、俺がつけた所有痕。自分の独占欲を見せつけられたみたいで、急激に恥ずかしくなって俺は目を逸《そ》らした。

「……カーマイン」

「おはよ」

「うん……おはよう」

「なんだよ、恥ずかしがってないでこっち向けよ。つーか、じっくり顔見たい」

隣に寝転がっていたカーマインが、笑って俺を抱き寄せる。そして俺の髪をゆっくりと撫《な》でてくれた。その仕草があまりにも優しくて、また涙が出そうになった。

「夢じゃなかったんだな」

「当たり前だ。ゆうべお前にも、お前の体にもちゃんと約束しただろ、ずー――っと、一生一緒だって。覚えてるか？」

カーマインが上からのしかかってきて、俺の唇に、頬《ほお》に、瞼《まぶた》に口付ける。

やっぱり、夢みたいだ。

夜も明けてこんな爽《さわ》やかな朝日の中、もう酒だって抜けてるのに、カーマインが俺にこんなに甘々な態度をとるなんて。

「ま、いいさ」

カーマインが機嫌よく笑う。

「ライアが芯《しん》から信じられるようになるまで、何度だって言えばいいんだもんな」

そして今度は俺の口内に舌を差し込んでクチュクチュと音がするくらいに深く口付けてから、いやらしいキスを仕掛けてきたとは思えないくらい朗らかに、ニカッと笑う。

「恋人のキス。これからいっぱいしような！」

たまらなくなって、カーマインの首に腕を回し力づくで引き寄せて、その唇に噛《か》みついた。

なのに一瞬で主導権は奪われてしまって、カーマインは俺の唇を強引に割り開き、舌を差し入れてくる。カーマインの情熱的なキスに応《こた》えるように、俺も拙いながらに必死にカーマインの舌を貪《むさぼ》った。

二人で求め合うキスは濃厚で、いつまでもこうしていたいと口内を探り合う。

一度は諦《あきら》めた恋が、こんな形で成就するなんて想像もしなかった。

何もかもを捨て、新たな自分になるために『聖騎士の塔』に挑戦したあの日。入る前、一人で塔を見上げていた時は、この塔が俺の墓標になってもいいとさえ思っていたのに。

「お前ももう、二度とオレに黙って離れて行ったりするなよな」

少しだけ悲しい色をはらんだ声に、俺も真摯《しんし》に応える。

「二度としない。約束する」

「……絶対だぞ」

「絶対だ」

約束の証に、カーマインの小指に指を絡めて、その上に口付けを落とした。

愛しい恋人と幸せな時間を過ごす窓の外には、今日も『聖騎士の塔』があの日と変わらずに高く聳《そび》えている。

カーマインと共に見上げる『聖騎士の塔』は、希望に溢《あふ》れているような気がした。

【カーマイン視点】ライアがモテモテすぎる

ライアが戻った翌日は、お互いに離れ難くて一日中ベッドの中でイチャイチャしてた。

兄弟みたいに育って来て、いつも一緒で、ライアに甘い言葉を吐いてる自分なんて昔は想像できなかったのに、ライアを待ってる二年の間に、すっかり平気になっていた。

というかたぶん、アイツで初めて抜いて以後、甘い言葉を吐きながらアイツを抱く想像をいつもしてたから、違和感なんかなくなったんだろうなぁ。

実際のアイツを前にしたら照れるのかとも思ったけど、オレの気持ちを一向に信じられてない感じのアイツを見てたら、言葉も体も全部駆使して説得しないとダメだって思った。

もう二度と、勝手に離れていったりしないように、大事に大事にするんだ。

「カーマイン、今日はどうする？」

「うーん、いったん一緒にダンジョンにでも潜ってみるか」

「そうだな、久しぶりだからお互いの連携とかも確かめておいた方がいいかも知れない」

ライアの横で、丸いのがふよふよと主張してきて、ライアがそいつを撫でている。

「そうだな。キューも頼りにしてるよ」

嬉《うれ》しそうにライアにすり、と擦り寄るそいつはなんと『聖騎士の塔』で聖龍から貰《もら》った使い魔らしい。ライアの命を救ってくれた命の恩人だと聞いた。オレも大切にしようと思っている。

ライアが聖騎士になった事で、オレらが受けられるクエストの種類やランクは一気に上がった。

『聖騎士』とは、それくらい上位の称号なんだ。

でも、オレもライアも意見は一致していて、急に上位のクエストを受ける気はなかった。

今までオレが受けていたクラスのクエストを複数受けて、それをこなす中で自分たちの実践の中での適正ランクを見極めてからでないと簡単に命を落とす。

冒険者はそんな仕事だ。

互いに身支度を整えてみたけど、改めてライアを見たら、めちゃくちゃ輝いてた。

白銀の鎧《よろい》に白銀のソードスピア。髪色まで銀だから、本当に絵に描いたような『聖騎士』だ。

「お前本当に聖騎士っぽいよなぁ」

「なんだよ、それ」

「お前に比べるとさすがにオレの装備貧弱だな。剣買おうと思ってた金が浮いたから、軽くて動きやすい鎧でも買うかぁ」

「ああ、それがいい。ダンジョンも深層になると、一撃貰ったら命取りって場合もあるしな」

防具を買ってからダンジョンに潜ろう、と決めて二人揃《そろ》って宿を出る。すると、いきなり話しかけられた。

「おーい、カーマイン！」

「あ、おっちゃん！　この前はごめんなー！」

「その分じゃ仲良くやってるみてぇだな。良かった良かった」

「ああそうだ、イケメンの兄ちゃん」

「ライアな」

一応注意しとく。そろそろ覚えて欲しい。

「そうそうライア、聖龍様がな、落ち着いたら恋人を連れて遊びにおいで、って言ってたらしいぞ」

「えっ」

ライアと顔を見合わせたら、おっちゃんたちに笑われてしまった。ちゃんと恋人に昇格できたんだと分かったんだろう。

「聖龍様はライアの事気に入ってたからなぁ。ライア、お誘いを蹴《け》ったんだろ？」

「私よりも優先したくなる男に興味がある、ってさ」

ガハハハハ、と豪快に笑うおっちゃんたちを横目に、オレはライアをジロリと睨《にら》みあげる。

「やっぱりコナかけられてんじゃねーか」

「誤解だ。この塔で働かないか？　って誘われただけだよ。カーマインが待ってるかもと思ったから、ちゃんと断ったんだ」

危ねぇ！　手紙書いといて良かった！

「ま、良かったらそのうち遊びに行ってやってくれ。聖龍様も退屈なんだろ」

「地上に飽きたらいつでも雇うってても言ってたから、就職してくれてもいいけどな！」

「なんだよ、それ。やっと塔から出てきたのに……」

ついちっちゃな声が出てしまった。おっちゃんたちは耳ざとくその声を捉《とら》えたらしく、わしゃわしゃと頭を乱暴に撫でてくる。

「聖龍様も今すぐ来いなんて野暮なこたぁ言わねぇよ」

「そうそう。長ーい時を生きておいでの方だからなぁ。思い出した頃《ころ》に顔出せばいい」

「分かりました。必ず顔を見せますと伝えてください」

ライアがソツなく答えてくれて、俺たちは門番のおっちゃんたちに手を振って塔を後にする。ところがどっこい、そこからが大変だった。

ライアが聖騎士になったという話は町中に広く流布されてるらしく、ギルドへと続く道すがら、ただ歩いているだけで注目を集めまくりだ。ライアの『見るからに聖騎士』な姿形も相まって、町中の女の子たちがキャーキャー言ってる。

声をかけてくる猛者《もさ》もいるけれど、それはライアが笑顔で躱《かわ》していた。

コイツ、すごいな。

なんとかギルドに辿《たど》り着《つ》きはしたものの、そこからがまたさらに大変だ。

ライアはすぐに囲まれてS級も含む色々なパーティーから誘われまくってて大騒ぎになっちまうし、業を煮やしたギルドマスターに別室に隔離されて近々王宮に聖騎士になった報告の顔見せに行かなきゃいけないとか言われちゃうし。

オレとライアは「なんかすごい事になっちゃったな」と顔を見合わせる事しかできなかった。

そのまま別室で手頃なクエストを受けさせて貰って裏口から外に出たオレらは、なんだかおかしくなってひとしきり笑いあう。二年前は、こんな未来なんて考えた事もなかったよな。

「けどさぁ、さすがにライアがこんなにもモテまくると、ちょっとだけオレも心配になってくるんだよな」

ふとそんな気持ちになってそのまま口に出したら、ライアが怪訝《けげん》そうに俺を見上げてくる。

「なにが？」

「いや、パーティーも恋人もさ、今のライアなら選び放題だろ。本当にオレでいいのか？」

率直にそう尋ねてみたら、ライアに鬼のような顔をされてしまった。

「本気で言っているのか、それは。こっちは十二年も片想いしてたんだぞ。カーマインでいいんじゃなくて、カーマインでなきゃダメなんだ。諦められるものならとっくの昔に諦めている」

顔から火が出るかと思った。

「『聖騎士』なんて称号を得たからといって物珍しさで寄ってくるような輩《やから》に、俺がグラつくとでも言うのか。お前は」

「分かった！　悪かった！　失言だったよ、ごめん。ライアがあんまりモテるから、ちょっと不安になっただけ……！」

そう言ったら、今度はめっちゃ切なそうな顔をされてしまった。

「……不安なのは俺の方だよ。やっとカーマインが俺の方を向いてくれたのに、愛想を尽かされやしないかってものすごく不安になる」

「それはねぇよ」

こんな顔をしてるライアは正直すごくそそられる。

ここが宿だったら今すぐにでも押し倒してキスして、めちゃくちゃ可愛がるのになぁ、と思いつつ、オレはまだ何か言いたげなライアを押して表通りに出た。こんな裏道にいたら、人の目が少ないだけにキスしたくってしょうがなくなっちまう。

ところが、さすがは時の人。

場所がギルド近くって事もあるのか、またもやわらわらとライアめがけて大量の人が寄ってきた。その人たちをなんとか躱しつつ職人街に辿り着く頃には、オレもライアもまぁまぁ疲れていた。

「うわ～、オレ、ライアにプレゼント買ってやりたかったんだけど、今日は無理かなぁ」

こんなに人目が多いと、ゆっくり選べないかも知れない。そうひとりごちると、ライアは目を丸くしてオレを見た。

「えっ、プレゼント？」

「うん。オレらって装備は買い替えちゃうからさ、ずっと身につけていられる守り石みたいなものをプレゼントしたかったんだ。その……これからは、恋人だから」

「欲しい！　カーマインからのプレゼント、絶対に欲しい！」

びっくりするくらい食いついてきた。物欲があんまりないライアがこんなにも反応してくれるとは正直思ってなかったから、嬉しくて、ちょっと照れる。

「そこそこの値段のヤツ選んでくれよ」

「値段なんか安くていいよ。カーマインから貰ったってのが大事なんだから。俺も、カーマインに何かプレゼントしたい」

「えっ、マジで。でもオレ、すげー剣貰ったし」

「あれはモノはすごくいいけど、聖龍様から貰ったものだ。俺が稼いだ俺の金で買いたい」

「そっか……そうだよな」

オレらって生活もカツカツだったから、互いに贈り物しあうって事もなかったもんな。

そもそも討伐とかで得た金はパーティーの金として纏《まと》めてライアに管理して貰ってたから、個人の金って感覚はなかった。今なら互いに、自分が稼いだ金って言えるものがあるんだよな。

自分の金でライアに何か買ってやれる。ただそれだけの事が無性に嬉しい。ニヤつきながら二人して冒険者御用達の宝飾店へと初めて足を踏み入れる。

これまではこんな贅沢品《ぜいたくひん》、買おうなんて思ってもみなかった。剣や鎧、盾に比べると、どうしてもアクセサリー系は後回しになるもんだ。オレらも稼げるようになったんだなぁ。

「どういうのがいい？　オレ、あんまりアクセサリー系は分かんねぇんだ」

「できれば揃いの指輪がいい。指か腕が落ちない限り失《な》くさない」

「表現が怖い。どんだけ失くしたくないんだよ」

「カーマインがくれる初めてのプレゼントなんて一生失くしたくないに決まってる」

困った。ライアがちょいちょいオレを殺しにくる。

前はこんな事はっきり言わなかったから、やっとオレがライアを本当に好きだって、ライアの恋人になったんだって信じられる気持ちになったんだろうか。だとしたら嬉しい。

二人で同じ台座を選んで、石はそれぞれが強化したいものを選ぶ事にした。

ライアは風の加護。とにかく反応速度を上げたいらしい。それならとオレは土の加護を選んだ。ライアが仕留められないような硬い魔物を砕くにはパワーが要る。ついでについてくる防御力向上もありがたい。盾のパワーが増すだろう。

店を出て、今度はオレの防具を買うために防具屋に向かいながら、オレはしみじみと言った。

「ライアと揃いで何か買うとか、初めてだな」

「ああ。だから俺、ものすごく嬉しくて……夢だとしても、もう最大限楽しむ事に決めた」

「そっか、まだ信じられてなかったかぁ」

ちょっと残念だけど、オレがライアの気持ちに向き合わなかった期間が長かったせいだよな、と思うと仕方がない事だとも思う。

どうせこれからずっと長いことライアと一緒にいるんだ。焦らなくてもそのうち、そんな事考えてた時もあったっけ、って思える時が来るんだろう。

ライアの見立てで鎧と盾も新調したら、市場を抜けてダンジョンへと続く町の門へと抜ける。市場を抜けるのは本当に大変だった。人がたくさんいるだけに、一人がライアに気づいて「聖騎士だ！」って騒ぎ出すと我も我もと寄ってくる。

口々にあれこれ煩く誘ってくるのを躱すだけで一苦労だ。

さすがに面倒くさくなってきて、オレはライアの手を掴《つか》んでダッシュでその場を去った。激しいブーイングが聞こえるが気にもならない。

世の中の全《すべ》ての人に言ってやりたいくらいだ。お前らがどんだけ誘って来ようがライアの心は揺らがないんだ。要するに。

ライアはオレのなんだよ、バーカ!!!

【ライア視点】懐かしくて、幸せだ

「へぇ、深層に『転移ポイント』があるなんて初耳だったな。これなら探索がラクだ」

カーマインに連れられて久しぶりにダンジョンに入った俺は、思わず感嘆の声をあげてしまった。

まさか、ダンジョンの深層がこんな風になっているなんて考えた事もなかったからだ。

俺が『聖騎士の塔』に籠《こも》っている間に、カーマインは着々とダンジョンの深層に進んでいたらしく、なんと十一層まで辿り着いていたのだ。しかも、深層になると『転移ポイント』なるものがあって、衛兵の詰所から一瞬で目的の深層に跳べるというから驚きだ。

「うん。口外しない事になってるんだってさ。そういうのが広まると、無理して深層に挑んで死ぬヤツが頻出するかららしい」

「ああ、確かにな。ありそうな話だ」

「そういやこの『転移ポイント』って仕組みにも聖龍様が関わってるらしいぜ。龍ってのはワケが分かんないよな」

納得した。聖龍様ならやりそうな事だ。

「ああ、なるほど。確かに『聖騎士の塔』でも似たようなトラップがいっぱいあった」

「トラップかよ」

タチが悪りぃな、とカーマインが笑う。確かにその通りだ、と俺も笑った。

「それにしても深層にまでチャレンジしてるなんて、カーマインすごいな。しかもソロでだろう?」

「お前ほどじゃねぇよ」

「俺にはキューもいたから。実際それでも死にかけてるしな。……カーマインも、何度も危険な目にあったんだろう?」

言いながら、俺はカーマインの胸元から覗《のぞ》く傷跡を凝視する。見えている範囲でも大きさも深さも様々な傷がある。

つい、ひときわ大きい傷に手が伸びていた。……これは、下手《へた》をすると致命傷にもなり兼ねない傷じゃないか。

「まぁな、それはお互い様だろ。でもやっぱ、こうやって話しながら進んで行けるのって単純に楽しいな。あっという間に時が過ぎる」

「確かに。俺、カーマインの背中見ながら歩くの好きなんだ。安心する」

「そっか、なんか嬉《うれ》しいな」

「今だから言えるけど、装備が薄い頃《ころ》は特に、カーマインの背中の筋肉の動きが綺麗《きれい》だとか、うなじが色っぽいとか、ちょっと邪《よこしま》な目で見てる事も多かった」

「突然のエロい発言」

本気にしているのかいないのか、カーマインが面白そうに笑う。

「今も浅黒いうなじが色っぽいよ」

俺も冗談めかして本心を語っていたら、前方から微《かす》かな物音が聞こえてきた。

「たぶん魔物だ」

カーマインが短く言って、大剣と盾を構える。俺も無言で頷《うなず》きソードスピアを構えた。

ブラッドオーガだ。

角から魔物が姿を現した瞬間を狙《ねら》って、カーマインがやや斜め前に走って魔物のサイドから斬りつける。寸の間遅く、俺のソードスピアが魔物の体を貫いた。

ああ、この感じだ。

何も変わっていない。

何も言わずとも、互いに知り尽くした戦い方だ。この深層に生息する高レベルな魔物でも、二人なら怖くないと実感できる。懐かしくて、この感覚をまた得られた事が幸せだ。

俺の前にカーマインがいて、その大剣で道を拓《ひら》き、その盾で守ってくれているという安心感を、俺はまざまざと感じていた。

「カーマイン、随分速く、強くなってる」

「お前に水をあけられたくなくて、結構頑張ったからな。しっかしこの剣、切れ味すげぇな。ブラッドオーガにあんなにすんなり剣が入ったの初めてかも」

ビュッと剣を振りぬいて、嬉しそうにカーマインが笑う。聖龍様と戦ってこの剣を貰う事ができて、本当に良かった。

「ああ、それは俺も最初は驚いた。やっぱりあの『聖騎士の塔』で入手できる装備は、地上のものより性能が頭ひとつ抜けてる感じがする」

「だよなぁ。まぁ転移ポイント作っちまうような人外が持ってる剣だもんな。当たり前か」

そんな話をしながら、二人でどんどん奥へと進んでいく。

カーマインによれば、いつもよりもずっとずっとペースが速いらしい。一回一回の戦闘が簡単に終わるから、体力の消耗も少なければ時間のロスもないのだという。

この分なら、今日の目的である十二層への階段へも、問題なく辿《たど》り着《つ》く事ができるだろう。

「いやー、信じられないくらいはかどるな！　これまではさ、昼飯をゆっくり食う時間も惜しくて干し肉噛《か》みながら歩いてたんだぜ。それでもこんなには進めなかった」

「そんなに急いでたのか？」

さっきはしっかり床に腰をおろして、軽く調理した飯を食った。よほど急ぎのクエストを受けていない限り、飯を食うゆとりくらいはある筈だが。そう思って尋ねてみたら、思いがけない答えが返ってきた。

「急いでたな。ライアがめちゃくちゃ強くなって帰ってきた時に、カッコ悪りぃトコは見せたくねぇだろ。少しでも深層に入って、強い魔物を倒して、力をつけたかった」

「……カーマインは充分すぎるほど強いよ」

言葉の端々から、カーマインがそこにはいない俺の事を考えて行動してくれていたと知れて、嬉しさと申し訳なさが胸を占める。

結局、十二層への階段はあっという間に見つかって、俺たちは引き返すか先に進んで十二層の転移ポイントを探すかの選択を迫られた。

「でも十一層の転移ポイントまで戻るのも結構な距離あるよな。それだったら十二層で新たな転移ポイントを探した方がいいんじゃないのか？」

俺の言葉にカーマインも頷いてくれる。

「オレもそう思う。層が変わると魔物の強さが一気に変わるから、いつもはもうちょっと迷うんだけど、今日はライアも一緒だし、先に進んでいいと思う。転移ポイントは比較的階段の近くにある事が多いんだ」

「それなら、そうしよう」

あっさりと合意し、十二層へと降りていく。

さすがにちょっと傷を負う事も出てきたけれど、ここにきてキューが威力を発揮し始めた。俺が少しでもケガをしようものなら秒で回復してくれるし、頼めばカーマインの傷ももちろん治してくれた。魔物のランクが上がってくれば強化系の魔法を使ってくれるし、必要とあらば結界まで張ってくれる。

本当に心強い活躍ぶりで、カーマインは目を丸くしていた。

「すげぇな！　確かにこの勢いで回復してくれるとだいぶ助かるよな」

「だろう？　最初は指示しないと回復してくれなかったけど、今じゃ声を出す隙もない」

笑ってキューを撫《な》でてやると、キューは嬉しそうにくるくる回った。

「キュー、カーマインは俺の大切な人なんだ。カーマインがケガしたら、早めに治癒魔法をかけてあげてくれると嬉しい」

言ってみたら、キューは「分かった！」とでも言いたげに、クルクルクルッと可愛《かわい》らしく回転してくれる。キューが言葉をどこまで理解しているかは不明だが、カーマインの事も守ってくれるとより安心だ。なんせカーマインは俺たちパーティーの盾役も担ってくれているんだから。

キューのおかげでさしたるケガもないまま、探索が続いていく。

カーマインは終始ご機嫌で、楽しそうに探索を続けている姿をこうして見ていられる事がなによりも幸せだと思った。

「やっぱライアと一緒だと全然違うんだな。こんな短時間でここまで一気に進めた事なんてねぇよ。ライア、すごいな」

「そう言ってくれるのは嬉しいけど、俺がすごいんじゃなくて、純粋にソロじゃなくなったのが大きいんじゃないか？　連携して一気にダメージを与えられるから、相手に反撃の隙を与えずに倒せるってのはデカいだろう」

「ああ、それは確かにあるかもな」

カーマインも納得したようにうんうんと頷いている。

「でも一緒なのがライアだからってのがやっぱデカいよ。物理的にもだけど、なんかさ。疲れねぇっつうか、むしろ時間が経《た》つほど元気になるのって久しぶりの感覚だなと思って」

続くカーマインの言葉に、俺の足はぴたりと止まる。まさか、カーマインにそんな風に言って貰《もら》えるだなんて思ってなかった。

俺の足が止まった事に気がついたのか、カーマインが振り返る。

「こうやって話しながら歩けるのってやっぱ精神的にすごく癒《いや》されるんだな。オレ、ダンジョンがこんなに楽しいってちょっと忘れてた」

ニカッと笑う顔は、俺が大好きなカーマインそのもので、胸が熱くなる。

「カーマイン……！」

「あ、転移ポイント」

「えっ」

「わっ!?」

思わず抱きついたのとカーマインが足を止めたのが同時だったから、お互いの鎧《よろい》がぶつかって音が鳴る勢いになってしまった。

「なんだよ、びっくりするだろ」

「ごめん、でもちょうど良かった。今日はもう宿に帰ろう？」

後ろからカーマインの首筋に顔を埋める。

俺と一緒にダンジョンに潜るのは楽しい、カーマインがそう言ってくれるのは嬉しい。素直に胸が熱くなった。

でも、俺はそんなに朗らかな感情だけじゃない。

カーマインがそういう意味で好きだと気がついてから、ダンジョンでこうして後ろを歩く度にこの首筋をずっとずっと不埒《ふらち》な目で見てきた。

無防備に晒されている健康的な浅黒い肌に触れたくて、いつだってこんな風に顔を埋めてみたかった。振り払われる事もなく、こんな暴挙が許されているのが夢みたいで、現実なのか確かめたくて首筋に思わず唇を当てた。

うっすらと塩味を感じて、チュ、というリップ音が鳴る。

「うひゃ」

びくっとカーマインの体がこわばったけど、それでも振り払われる事はない。抱きついた俺の手をぽんぽんと優しく叩《たた》き、くすっと笑う声だけが聞こえて果てしなく安堵《あんど》した。

「どうしたんだよ、急に」

「……」

「つーか、もう帰るってちょっともったいなくないか？　ライア、ダンジョンに入ってからずっと普通に槍《やり》での物理攻撃ばっかりだっただろ。オレ、色んな聖魔法見たりできるのかなって、結構楽しみにしてたんだけど」

「ごめん、まだ物理で倒せる魔物ばっかりだったから。俺は魔力がそこまで多くないし、無駄遣いしないようにしてたんだ」

俺の聖魔法を楽しみにしてた、という言葉にちょっと申し訳なくなったけど、もうカーマインへの気持ちが抑えられなくなっていた。早く宿に帰りたい。

「じゃあ、宿で見せるよ。なぁ、帰ろう？」

「しょうがねぇなぁ。ま、連携がうまくいくか、今のオレらの実力がどの程度かは大体見極められたし、クエストは今日が期限のヤツもねぇ。別にいいんじゃねぇかな」

滅多に強く言う事がない俺の主張にカーマインが折れてくれて、早々に転移ポイントでダンジョンを後にする。

宿で互いに防具を脱いだタイミングでもうたまらなくなって、俺は強引にカーマインをベッドに押し倒した。

「うわっ⁉」

不意を突《つ》かれたカーマインは、簡単に俺に押し倒されてくれる。

「なんだよ急に。そんな気分になっちまったのか？」

俺は無言で頷いた。たぶん、必死な顔をしてたと思う。

「それで帰ろうって言ったのか」

「ごめん」

『聖騎士の塔』を出てからずっと一緒にいたのに。

カーマインから言葉もたくさん貰ったし、抱き合ったりキスしたり、体を重ねたり……想像すらできなかったくらいに大切にして貰ってるっていうのに。

それでも、こんな風に二人でダンジョンに潜ってしまえば、二度とないと思っていた目の前の首筋に、そしてそれに触れても許されるという事実に、新たな欲が生まれてくる。

「ははは、ライアってこんな甘えんぼだったか？　ま、いいけど、せめて風呂《ふろ》くらい入ろうぜ」

「浄化」

急に淡い光に包まれてカーマインが目を丸くする。

「そんなに余裕ねぇのかよ……」

呆《あき》れたみたいに言われたけど、まさに、風呂に入ってるような余裕なんてなかった。先日聖龍様に習ったばかりの浄化は、思いもかけないところで大活躍だ。

カーマインの上に馬乗りになったまま、勢いよく服を脱ぎ捨てる。窓から入る陽光に照らされた俺の裸体をカーマインが眩《まぶ》しそうに見上げてるのが見えた。

カーマインに比べたら貧相な体を晒しているのも気が引けて、すぐにカーマインのアンダーをまくり上げれば、鍛えられた浅黒い肌が惜し気もなく晒される。

「今日は俺がカーマインに触りたい」

昨日《きのう》もおとといもカーマインに触れられ翻弄《ほんろう》されてばかりで、自ら触れる時間は僅かなものだった。それはそれでもちろん幸せだけれど、十年以上も恋焦がれてきたんだ。やっぱり俺も、じっくりとカーマインを堪能したい。

「いいぜ、来いよ」

俺を見上げたまま、カーマインが大きく手を広げてくれる。たまらず、俺は勢いよくカーマインに抱きついた。

「好きだ！　好きだ、カーマイン」

噛みつくように唇にキスを落とす。

俺の想像の中ではいつだってカーマインは俺に触れられる事に困って、戸惑っていた。こんな風に幸せそうに受け入れてくれる姿だなんて、思い浮かべる事すら冒涜《ぼうとく》だと思っていたのに。嬉《うれ》しくて何度も何度も口付けて、肉厚な唇を甘噛《あまが》みする。それにいちいち応《こた》えてくれるカーマインの唇が愛《いと》しくて、愛《め》でるようについばんだ。

けれど、内部に押し入るようなディープキスは、なかなか勇気が出ない。カーマインの表面に触れられるだけでも奇跡のように感じて、唇に、頰《ほお》に、瞼《まぶた》に、撫でるように触れた。

「ライア……」

はぁ、と悩ましい吐息と共に、囁《ささや》くように名を呼ばれる。

カーマインは、赤くなった頰を隠そうともせずに、俺に笑いかけてくれる。

「ライア。オレは逃げねぇからさ、ゆっくり恋人のキス、しようぜ」

ああ、やっぱり敵わない、と思った。

【カーマイン視点】心の穴を埋めるもの

性急で拙いキス。けれどそれが愛おしい。何度も何度も口付けされて、唇を甘噛みされるのに、なぜか中には入ってこない。

気持ちいいけど、もどかしくもある。

顔中にキスを降らせてくるライアに、安心させるように笑って見せた。

「ライア。オレは逃げねぇからさ、ゆっくり恋人のキス、しようぜ」

「……！」

見る間にライアの目に涙が溜《た》まって、ポタポタとオレに降ってくる。ライアがこんなに泣くヤツだなんて知らなかった。

これだけ一緒にいても知らない事ってまだまだあるんだな。

震える唇がゆっくりと近づいて来て、唇をむにむにと食《は》んだ後、そっとオレの唇を割って中に入ってきた。歓迎のために舌を巻きつけてやったら、驚いたようにビクッと震える。

逃げないように顔を寄せ、ライアの頭もぎゅっと引き寄せたら、それに応えるかのように舌が巻きついてくる。ちゅっと吸ってライアの舌の感触を楽しんでいたら「ん……」と甘い声が聞こえて嬉しくなった。

出て行こうとする舌を何度も引き止めて濃厚なキスを交わしたら、ようやくライアもいつもの落ち着いた顔になる。

ライアが塔に入るまでは、苦しそうな顔は見た事あっても、泣いた顔なんてほとんど見た事がなかった。せいぜいオレが魔物の強烈な一撃を喰らって脳震盪起こして意識飛ばした時くらい。あん時はめちゃくちゃ泣いてたっけ。

それなのに、『聖騎士の塔』から出てきて、オレがライアに好きだって言ったあたりから、ライアは急によく泣くようになった。泣いてる顔もオレにとっては新鮮でいいけど、やっぱりオレの横で安心できて、笑ってくれてた方がいいに決まってる。

ライアはまだまだオレの気持ちを完全には信じきれていないみたいだから、オレからライアを求めていく姿勢をもっと見せた方がいいのかも知れない。

「カーマイン……」

今度はライアの唇が首筋に落ちてきた。耳たぶの下から首筋を通って鎖骨までを丁寧にねっとりと舐《な》めまわしていく。最初はくすぐったかったのに、ずっと舐められているうちにだんだんと気持ちよくなっていくから不思議だ。

舐め上げたりチュ、チュ、とついばんでみたり、ライアは首筋ばかりを唇で丹念に愛撫《あいぶ》してくる。

「ずっと、こうしてみたかった……」

ライアの小さな呟《つぶや》きに、さっきのダンジョンでの会話が思い出された。オレの背中やうなじを、色っぽいと思って見ていたなんて言ってたけど、案外本気だったのかも知れない。

好きとは言われてたけど、いつも涼しい顔してるライアが、オレをエロい目で見ていたなんてなんか想像つかなかったから、改めて言われるとちょっとこそばゆい気もする。

「話す時や食べる時にのどぼとけが動くのも、好きだ」

のどぼとけを優しく吸われ、のどぼとけに沿ってライアの舌が円を描くように舐めていくと、これまでに感じた事のないような快感に襲われた。

「……ん……気持ち、いい……」

「ああ……舐めてる時にカーマインが喋《しゃべ》ると、喉《のど》が震えるのを直《じか》に感じられるんだな。想像ではこんな事分からなかった」

「はは、変態くせぇな。でもオレも、喉だけでこんなに感じるなんて知らなかった」

「この顎《あご》の下とかも、他より少しだけ肌の色が薄くて、そそられる」

「ふ、あ……」

舌先でくすぐるように舐められるともうダメだった。

痺《しび》れるような快感が走って、腰が勝手に揺れる。まだキスして首を舐められただけだっていうのに、オレのアソコは既に完全に屹立《きつりつ》していた。

「さっきからカーマインの大事なところが、触ってって主張してくるんだけど」

「しょうがねぇだろ。ライアがあちこち好きに触りたいんだろうなって思うから我慢してるけど、オレだって相当高まってんだよ。なんなら今すぐ押し倒したい」

素直に言ってみたけど、ライアに綺麗《きれい》な顔で微笑《ほほえ》まれてしまった。クールだって言われる翡翠《ひすい》の瞳《ひとみ》が、明らかに欲を湛《たた》えてて、オレは高まるばかりの欲望を抑えるのに必死だ。

「もうちょっと、我慢して」

「しょうがねぇなぁ。好きにしろよ」

嬉しそうに笑ったかと思うと、ライアの右手がオレの屹立にそっと触れる。もどかしいくらいに優しく触れられて、オレの腰は大きく揺れた。

「……感動だ。俺、想像でもカーマインのここに触れた事なんてほとんどない」

「なんでだよ……っ」

「不可侵って言うのかな。触れる事に罪悪感があったんだと思う」

ポツリと、ライアはまるで独り言みたいに呟いた。

「想像の中では、俺が触れてもカーマインは困った顔ばっかりだったよ。夢の中ですら、ひとつにつながった事なんてない。肌にそっと触れて、軽いキスをするのが精いっぱいだった」

拙い指の動きで俺の屹立を愛撫する表情に切ない感情が見え隠れして、オレはなんかもう、ライアがしたいようにさせてやろうって思った。

「ライアが好きなだけ……好きなように触っていい、ん、だ……」

ソフトに、けれども連続して与えられる刺激に、オレは身を捩《よじ》る。

本当はもっと強く触って欲しい。けど、今はライアがしたいようにさせてやりたかった。

「こうして触ると腹筋とか……筋肉が動くのがすごく卑猥《ひわい》に見える。肌が浅黒いから、余計に際立つのかな。すごく綺麗だ」

ほう……とこっちが恥ずかしくなるようなため息をついて、ライアがまじまじと見つめてくる。さすがにそんなに見られると恥ずかしいんだけど。

けど、見たい気持ちも分かるから我慢する。オレだって昨日《きのう》、ライアが気持ちよさそうにしてるとこを、そりゃもう食い入るみたいに見たワケだし。

「もっと見たい」

腰の下に枕を入れられ、そそり立ったモノがライアに撫でられているのが自分のゴツゴツした腹ごしに見える。ライアはオレのモノを緩く愛でながら、オレの腹筋を凝視していた。

「うねってるみたいだ」

うっとりとした顔で呟き、ライアはオレの腹筋に顔を近づけ口付けを落とす。腹筋の割れ目に沿って丁寧に舐められて、腹なんかも感じるんだと知った。

ライアの左手が恥骨から足の付け根あたりをさわさわと撫でていく。その刺激も加わって、さすがに声が抑えられなくなりそうだ。触り方も舐め方もいちいち丁寧で、大切そうにされるのがなんとも恥ずかしい。

「オレは男なんだから、もっと乱暴でもいいんだぜ……？」

「男とか女とか関係ない。カーマインだから大事にするんだ」

「うあっ」

ライアの舌がオレのへその穴をえぐって、思わず悲鳴が出た。

「あ、あ、それ、ヤダ……なんか、ゾクゾクする……っ」

オレの暴れる腰を押さえつけて、ライアがしつこくへその穴をぐりぐりと舌先でえぐる。

「んんっ、あああっ、ヤバい、なんで……っ」

「ああ、カーマインの焦った顔、久しぶりに見た……いいな、その顔」

「このやろ……っ」

やっとへそからライアの顔が離れたと思ったらそんな事を言われて、つい涙目になった。意外なところで快感を得てすっかり息が上がってるオレを満足気に見つめたライアは、再びオレの腹に唇を落とす。

またへそを舐められるのかと身を固くしたけれどそんな事はなく、ライアの唇はチュ、チュ、と音を立てながらオレの足の付け根を嬲《なぶ》り始めた。もちろんそんなところを触られるのなんか初めてで、気恥ずかしいしなんかこう、ムズムズする。

ライアの舌が足の付け根をなぞるように舐め上げた時。

「ふ、ああ、う……」

むず痒《がゆ》いような快感が全身を駆け巡り、思わず声が出てしまった。

「ここも気持ちいいんだ?」

「しょうがねぇだろ。お前に触られたり舐められたりすると、もうたぶん全身どこでも気持ちいい」

幸せそうに、嬉しそうに、そのくせそんなエロい目をして舐められたら、どこだってゾワゾワするに決まってる。

「んあぁっ！」

ライアがいきなりオレの亀頭にチュ、と口付けたから、あられもない声が出てしまった。さすがに中心への直接的な刺激はケタが違う。

チュ、チュ、と何度か亀頭にキスしてから、ライアは今度は根元から先端に向かってゆっくりと舐め上げていく。震えるような快感に、オレは悶《もだ》えた。

「ふぅ……っ、ライア、それ、すげぇ……」

「初めてだから……うまくできなかったら、ごめん」

裏筋をチロチロと舐めながら、上目遣いでそんな可愛《かわい》い事を言う。いつもは白い頬《ほお》が興奮で赤く染まって、優しげな緑色の目は情欲を湛えている。

オレの体を舐め回したせいですっかり赤くなっていつもよりもぽてっと赤くなった唇がオレのモノを一生懸命舐めているその光景だけで、充分に股間《こかん》にくるってのに。

ライアの口が大きくあいて、オレのモノをにゅるんと口内に招き入れる。

「〜〜〜〜っっっ」

出そうだった。

「ああっ、う、あ、気持ちいい……っ」

あったかい口の中で、ライアの舌がオレのモノをゆっくりと舐める。

やがてそれに上下の動きが加わり始めると、もうたまらなかった。耐えられなくなってきて、息遣いが荒くなっていくのが自分でも分かる。

「ああ、ああ、ライア、気持ちいい……」

腰が揺れて、ため息が出る。せり上がってくる熱に、もう我慢できそうもない。

「ライア、もう無理だ……挿れたい……！」

言った瞬間。

「！！！？？」

きゅ、と強く根元を握られる。

「〜〜〜〜っっっ」

しかも、その状態でヂュッ、と強く吸われて、オレの腰はわなないた。

「てめ……っ」

「ごめん、もうちょっとだけ」

吐精もできないのに強い刺激だけ与えられ、ふるふると震えるオレの内ももを、ライアがベロリと舐め上げる。そのままグイッとライアの体が上に乗り上げてきた。

間近で見たライアの翡翠の瞳はギラギラと見た事もない光を放っていて、ああ、これはダメだと観念する。今は絶対に止められない。

「んっ……」

ライアが腰を擦り付けてきて、ライアにきつく握りしめられたままのオレのモノは簡単にまた快感を取り戻した。一度舐めしゃぶられて高められたモノは、ちょっとした刺激でも貪欲《どんよく》に快感につなげてくる。

気持ちよくて、気がついたらオレの方からも腰を擦りつけて淡い快感を得ていた。

「ん……ん……はぁ……」

「そんなに気持ちいいのか？　ここも勃ってる」

「あっ」

オレの乳首をツンとつついて、ライアがフッと笑う。

「張りがあって、触り心地最高」

ライアはオレの胸を右手でむにむにと揉《も》んだかと思うと、乳輪をぐるっと円を描くように舐める。

「ああ……、ずっと考えてたんだ。カーマインのこの小さな粒に触れる事ができたら、いったいどんな反応をするんだろうって」

「んああっ！」

いきなり乳首をギュッと吸われて、堪えきれずに声が出た。

そこからはまるで嵐《あらし》の中にいるみたいだった。

ライアは艶《なまめ》かしく乳首を舐めたり唇で挟んだりしてオレの快感を煽《あお》ってきたかと思うと、オレのモノを擦り上げて一気に出る寸前まで高めてくる。

でも、決してイかせてはくれなかった。

「うあ、あ……っ」

「今のとこ、気持ちよかった……？」

「すごかった……！」

「待って、どこ？　あ、ここか？」

「あああっ！　あっ、あっ、ライア、そこ……っ」

「縋《すが》り付いてくるカーマイン、可愛い……！」

「バカやろ……っ」

手の動きが加速して、オレの熱杭を擦る手がグチュグチュといやらしい音を立てる。乳首を甘噛《あまが》みされ、モノを扱き上げられ、耐えがたい快感を絶えず与えられて今にもイキそうと思ったところで、急に全《すべ》ての刺激から解放された。

「マジもう無理……っ、もういいだろ……抱かせろよ……っ」

「カーマイン……」

うっとりとオレを見つめるライアは、蕩《とろ》けたような表情で壮絶な色香を放っている。背中がゾクリとした。妖艶《ようえん》に笑うライアが、囁《ささや》くように告げる。

「カーマイン、挿れてくれ」

「……っ」

たまらなかった。

ライアの体を引き付けて、きつく抱きしめたまま転がって体勢を入れ替える。ライアの体をベッドに押しつけ左足を引っ張り上げて、しっかり肩に担ぎ上げた。

「今度はオレの番だな。……覚悟しろ」

ニッと笑って、素早くポーションを手に取ると、ライアの秘所に塗りこめていく。

「ぅあ……、カーマイン、そのまま挿れていいから……っ」

さっきまでさんざんオレの体を弄《もてあそ》んでいた美しい男は、そんな強引さなんてなかったみたいに健気なことを言う。

でも、そんな事できる筈がない。

「ばっか、そのまま突っ込むワケねぇだろ。お前が恥ずかしがって嫌って言うくらい、大事にするって決めてるんだ」

「え……あ、んぅ……」

ゆっくりと円を描くように秘所を刺激し、時々お伺いを立てるようにその中心に指先を少しだけ出し入れして慣らしていく。昨日《きのう》何度もオレを受け入れたそこは、それだけで期待するようにオレの指を受け入れ始めた。

「……っ」

オレを散々嬲って気持ちが高ぶっているのか、それとも早くも快感を拾っているのか、ライアが身を捩って声を殺す。白い肌がほんのり色づいて、なんともエロい。

「ライア」

呼びかけたら、蕩けた翡翠《ひすい》の瞳《ひとみ》がオレを捉《とら》えた。

「見てろよ。ここを今から、可愛がるから」

ライアが見てる前で、秘所にポーションを足して、グリュン、と穴を弄《いじ》ってやった。

「〜〜〜っ」

「その顔、すげぇそそるな」

左足を肩に担いでるせいで、自分がオレに何をされているのか、ライアにもはっきり見えるんだろう。真っ赤《まか》になって目を逸《そ》らした後、もう一度オレを見つめて何度も瞬きし、その後自身の後孔がオレに念入りにほぐされている様を、魅入られたように見つめていた。

「カーマインが……こんな事……」

「なんだよ。昨日も、おといも、なんなら今よりずっと丁寧に可愛《かわい》がったけど?」

「だって、視覚的なインパクトがすごい……」

ライアがめちゃめちゃ幸せそうだから、我慢できなくなって指の動きを一気に加速した。いやらしい水音が聞こえて、ライアの体も盛大に跳ねる。

「んんっ」

羞恥《しゅうち》で顔を朱に染め、身をくねらせるのを押さえつけて、ヒタ、と後孔に熱い怒張を押し当てる。

突き挿れようとした瞬間。

「カーマイン、好き……!」

オレの目を見つめて、感極まったみたいにライアが言うから、もう理性なんて吹っ飛んだ。

肩に担いだ左足の付け根にさらに体重をかけ、ライアの体を押しつぶすように後孔を押し分けて侵入する。

「う、ああ……!」

「ライア……」

苦し気に眉根《まゆね》を寄せる顔があまりにも綺麗《きれい》で、オレの昂《たかぶ》っていた気持ちが少しだけおさまった。一瞬でも強引に押し入ろうとした事を反省しながら、少しずつ、少しずつ、ライアの中を堪能するように熱杭を埋める。

オレの熱杭が呑《の》み込まれていくごとに、ライアの甘いため息みたいな声が響く。こんな風にゆっくりとつながると、声の振動すら感じられるのかってちょっと感動した。

指が届かなくて解《ほぐ》されていない奥はまだ狭くて、ライアもちょっと辛そうだ。

無理に奥まで侵入したりはしない。入りやすいところまで進んだら、ライアを抱きしめたまま中のひくつきが収まるまでじっと待った。

ライアの呼吸があまりにも乱れたから、落ち着くまで待ってやりたい。

反らされた首筋を舌で味わって、淡い色の乳首をさわさわと優しく撫《な》でてやれば、気持ちよさそうにライアの息が上がっていく。震える手でライアの頬《ほお》をそっと撫でたら、ライアは目を細めてなんだか眩《まぶ》しそうな顔をした。

「カーマイン……やっぱり、好きだ……」

ぽろぽろと涙をこぼしながら、ライアが俺を一心に見つめてくる。

もう何度好きだと言われたか分からない。けれど、ライアの口からこぼれる度に、その言葉は輪郭が濃くなっていくようだった。

「苦しくないか?」

ライアは必死で顔を横に振る。

オレはライアの涙を拭《ぬぐ》いながら、ゆっくりゆっくりと腰を進めていった。

「あ、く、ぅ……っ、カーマイン……ッ」

うわごとのように名を呼ばれ、熱で浮かされた瞳がオレを見る。突き込んでしまいたくなる衝動をぐっと堪えて、ひたすらにライアの快楽だけを思って腰をゆっくりと動かした。

ぐりぐりと広げるように動いていたら、ちょっとずつ奥まで進んでいたようで、額にびっしりと汗が浮かぶ頃《ころ》には、オレの腰がぴったりとライアの尻《しり》に当たっていた。

「ああ、ん……すご……い」

ライアがうっとりとした声をあげるのを聞いて、ライアがオレの怒張を完全に受け入れてくれた事に、改めて感動が込み上げてきた。何度抱いても、この瞬間は格別だ。

「ライア、好きだ……！」

たまらなくなって抱きしめ、口付ける。

頭の先から爪先までひとつになったような満ち足りた気持ちの一方で、もっともっと深く、融けるくらいにひとつになりたい、という強い欲望が沸き起こってきた。

「カーマイン、動いてくれ……！」

ライアの誘うような囁きが、オレを突《つ》き動かす。

貪《むさぼ》るように舌を吸って、我を忘れて何度も何度も飽きずにライアの中を貪った。

「あっ！　あっあっあっ、カーマイン、ああっ、あっ」

「好きだ、好きだ……！」

「あぅ……っ、ふ、あ、や、ああんっ」

もっと深く。

もっと奥に。

もっとひとつに。

「あ、ああん、あっ、もう……っ、」

離したくない、とでも言うように、ライアの足がオレの腰に強く強く巻きついてくる。

もっと深く繋《つな》がりたくて、持ちあがった腰を上から強く穿《うが》つ。ライアの中が応《こた》えるようにひときわ激しくうねるのが嬉《うれ》しかった。

しなやかな筋肉がついた脚を折り曲げたまま、秘められた奥を目掛け、勢いよく突き入れる。

「ふ、ああ……！　ぅッ、……あぁぁ……んぅ……!!」

待ちかねたとでも言いたげな悩ましい声に、オレの気持ちも益々高まった。

快感に耐えきれずシーツを掴《つか》む手が扇情的だ。

ひっきりなしに漏れる喘《あえ》ぎ声は、明らかにライアが快楽に翻弄《ほんろう》されている事を伝えてきていた。


幸せな交わりを終えて抱き合う時間は、穏やかな幸福に満ちている。

ふと目があったら、ライアは幸せそうに眼《め》を細めて、オレの首筋に張り付いた髪にそっと触れた。

「髪の毛、汗で濡《ぬ》れて色っぽいな……。赤が深くなって、オレ、この色も好きだ」

そう改めて言われるとなんだか少し照れくさい。なんて答えようかと迷っているうちに、ライアは俺の胸に顔を埋めてきた。

その重みを感じるうちに、オレの内側が圧倒的な充足感で満たされていく。

二年間、ライアがいなくなってぽっかりと胸に穴が空いたみたいだった。

空虚で、存在を意識するのも怖かったその穴が、ライアにこうして触れる度に埋められて、代わりに幸福が注がれていくみたいだ。

オレの名を囁いてはそっと胸に口付けてくれるライアを柔らかく抱きしめながら、オレは至上の喜びを感じていた。

【ライア視点】共にある未来

「よう、おっちゃん！　遊びに来たぜ！」

「おーカーマイン、久しぶりだなぁ。ダンジョンに潜ってたのか？」

「またデカくなったんじゃねぇか？　ちょっと見上げる角度が高くなったぞ」

『聖騎士の塔』から出てきて約三ヶ月が経《た》とうという頃。俺たちは再び、この『聖騎士の塔』の門前に来ていた。

相変わらず仲よく話しているカーマインと門番たち。彼らはいつも顔を合わせちゃこんな風に軽い世間話をしたり、美味《おい》しいものを見つけたと言っては互いに贈り合ったりしている。本当に、ちょっと妬《や》けるくらいに仲がいい。

けれどもそれは、俺を待っている間の二年間、どれだけカーマインが足繁《あししげ》くこの塔に通って、様子を窺《うかが》ってきたかという証左でもあって、この光景を目にする度に俺は、申し訳ないような嬉しいような、複雑な気持ちにもなってしまう。

「あのさ、実は今日は相談があるんだ」

ひとしきり話したところで、カーマインがそう切り出した。チラッと俺の方を見るから、緩く頷《うなず》いておく。こういう話はカーマインに任せておいた方が話が早く進む事は、長年の経験で分かりきっているからだ。

「おうどうした。改まって」

「いやさぁ、そろそろ聖龍様に会いに行こうかってライアと話してたんだけど、聖龍様っていつごろならいいかな」

「むしろ暇してるからいつでもいいと思うぞ」

「そうそう、なんなら今からでもいい。聖龍様も喜ぶに決まってらぁ」

門番たちが嬉しそうに笑う。聖龍様はきっと門番たちにも愛されているんだろう。

「マジで!? だってよ、ライア。どうする?」

「じゃあ、今日お邪魔しよう」

「よっしゃ! 手土産買ってくるから、また後で来る!」

「ばーか。なんでも手に入るお方だ、いらねぇよ、手土産なんざ」

「人から貰《もら》うモンは別なんだよ。いいからちょっと待ってて。行こうぜ、ライア」

言うが早いか、カーマインはさっさと俺の手を取って歩き出す。放っておくと俺が見知らぬ人たちにすぐに囲まれてしまうからか、このところカーマインはこうして俺の手を取って歩くようになっていた。

俺も最初は恥ずかしかったけど、それでぐっと人に囲まれる事は減ったし、なによりカーマインを独り占めできている気になって幸せだから、すぐに人の目なんかどうでもよくなった。

「あ、今日も色々ありそうだぜ。良かったな！」

カーマインの視線の先にあるのは、カラフルで可愛《かわい》いケーキの店。以前から二人で、聖龍様のところに行く時のお土産は何がいいか話し合っていた。

その結果、俺たちが選んだのはケーキの詰め合わせ。

門番たちが言っていたように、聖龍様はたぶん手に入れようと思えばなんでも手に入るんだろう。物欲もなさそうで、服とか食事も与えられるものをそのままありがたく受け入れている、全然手のかからない穏やかなお方だった。

食事は塔内の宿の人たちがその日作ったものを持ってきてくれていて、もちろん美味しいけれどデザートっぽいものはなかった。世の中にはせっかく色んなデザートがあるんだから、食べてみたらいいんじゃないかと思ったんだ。

お店で色とりどりのケーキを詰めて貰って、可愛くリボンをつけて貰う。プレゼントだと分かりやすくしてみたんだけど、喜んで貰えるだろうか。

ついでに門番たちにも立ってても食べやすい差し入れのドーナツを買って準備する。早速塔に戻って渡したら、ものすごく喜んで貰えた。門番たちは酒好きだが甘いものもイケるらしい。

門番たちの案内で、詰所奥の秘密の転移ポイントから最上階へと転移する。見覚えのある石造りの空間に、少しだけ懐かしさを感じた。

「へーっ！　へーっ！　すげぇ、こんな感じになってんのかー！　確かにダンジョンの転移ポイントとおんなじ感じだな！」

子供みたいに興奮するカーマインが可愛い。

「でもダンジョンより断然明るくて綺麗な感じだな。すげぇ、なんか……アレだ、神殿みたいな感じがする」

「ここは最上階だからな。下は結構暗くていかにも迷宮って感じの怖い雰囲気だったぞ。上に行くほど明るくなるんだ」

「へー、そういうの、面白いな。飽きなくていい」

カーマインが塔を褒めるから、ここが故郷のキューも嬉しそうだ。くるくるっと回って喜びを表しているのが可愛い。そんなキューを連れて聖龍様の部屋の扉をノックしたら、中から涼やかな声が聞こえてきた。

「いらっしゃい、入っておいで」

「お邪魔します」

入ったら、聖龍様はいつもの大きなソファにゆったりと座っていた。

白銀の絹糸のように艶《つや》やかな髪、同じく背中には柔らかく輝く翼竜の翼、立派なツノや耳のあたりにはヒレっぽいのがある、龍っぽさフル装備でのお出迎えだ。

翼やツノは隠す事もできるらしいんだけど、たぶんカーマインに『聖龍』っぽい姿で会おうと考えてくれたんだろう。基本的に聖龍様は優しくてサービス精神旺盛《おうせい》なお方なんだ。

「うっわー！　噂通りめちゃくちゃ美形だな！」

こっそりとカーマインが俺に耳打ちする。そして勢いよく頭を下げた。

「初めまして！　ライアがお世話になりました。オレ、ライアの幼馴染《おさななじみ》で恋人のカーマインです。顔見せに来ました！」

なんともまっすぐな自己紹介に、俺は目を丸くする。聖龍様も愉快そうに笑っていた。

「あ、そうだ、これ。オレらお土産《みやげ》持ってきたんです」

思い出したようにカーマインがケーキの箱を取り出す。

「土産？」

「ライアがすごく世話になったって言ってたんで。喜んで貰えるといいんだけど」

「……おお、なんと華やかな」

箱の蓋《ふた》を開けた途端、聖龍様が驚きの声をあげる。

「えへへ、良かった。聖龍様はあんまり菓子とかは食べてなかったって聞いたから、少しでも楽しんで貰えるように、ライアと二人で一生懸命選んだんです。な、ライア」

「ああ。その方が綺麗で楽しいかと思ったんですけど、どうですか？」

「うむ、とても美しい。久しくこんなものは目にしていない。心が躍るが……食べてしまうのが勿《もっ》体《たい》無く感じるな」

「また買ってきますよ」

「そうそう！　せっかく美味《うま》いんだから食わないと！」

「ああ、そうしよう。……サクたちも呼んでいいだろうか」

「もちろんです」

そう答えてから、カーマインにとってはどんどん知らない人が増えていく状況なのだと気がついて、俺は慌ててフォローを入れた。

「カーマイン、サクたちってこの塔の中にある宿屋を切り盛りしてる姉弟《きょうだい》なんだ」

「へぇ、塔の中に宿屋なんかあるんだ。初耳」

「口外しない事になってるから」

「ふーん、でも宿屋があって良かったな。塔に二年も籠《こも》ってたんだから、たまに休めるそういう場所でもないと辛いもんな」

「うん。俺、サクたちには随分と世話になったんだ。本当に助かった。たまにでもちゃんとした料理が食えて、安眠できるってやっぱり大事だよ」

「だろうな。ケーキいっぱい買ってきといて良かったな」

カーマインが自分の事みたいに喜んでくれるのを見て、ああ、やっぱり好きだと思った。

塔の詳細については言えない事も結構あって、今みたいに話してない事だってある。カーマインは俺が話さない事は無理に聞き出してはこないのに、こうして受け入れてくれる。そんな自然体なところが、俺にはとても好ましく思えるんだ。

カーマインと共通の知人や話題が増えるのも嬉しくて、俺は心がふわっと温かくなる。結果的に七階の宿屋の爺《じい》さんたちも加わって大人数でわぁわぁ言いながら食ったケーキは、いつもよりもさらに美味しく感じた。

塔ではなかなか食わないいんだろう、皆すごく嬉しそうだ。

俺とカーマインは目配せしてそのうちまた菓子を差し入れしようと誓った。この塔を攻略した事で、俺は聖騎士なんて身に余るほどの称号を得たし、二度と会わないとまで思い詰めたカーマインと、結果的にはこうして恋人同士になれた。

きっとこの塔がなかったら、こうして幸せに笑ってる今日なんてなかったに違いない。

感謝してもし切れない、この塔の人たちに少しでもお礼ができればいいと思った。

「ライア、カーマイン、ありがとう。おかげで皆もとても喜んでいる」

聖龍様がとても幸せそうに言う。

俺も聖魔法を教わっている間、結構長い時間を聖龍様と一緒に過ごしたけれど、いつも穏やかに微笑《ほほえ》んではいてもこんなに嬉《うれ》しそうな笑顔の聖龍様は初めて見た。

「お前たちは本当に良い子だ。何か礼がしたいが、欲しいものはないか？」

「お礼に伺ったのに、そんな、貰えませんよ。こんなに喜んで貰えただけで、俺たち充分です。な、カーマイン」

「ああ、もちろん。あ、できればこれからも時々遊びに来てもいいっすか？」

「無論だ。来てくれるととても嬉しい」

聖龍様が心から嬉しそうに微笑んでくれた。

俺に比べてカーマインは人との距離の詰め方や交渉がうまい。さっき目配せしてまた差し入れしようと意思疎通したから、カーマインは次に来やすいようにこんな話をしてくれたんだろう。

「ありがとうございます！　良かったな、ライア」

カーマインがニカッと笑ってくれるから、俺も思わず笑顔になった。

「いつでも訪ねておいで。待っているよ」

「また来ます」

「……ライア。以前も言ったが、本当にこの塔に残って欲しいくらいだ。二人はまだ共に冒険を続けたいと聞いているから止めないが、私の寿命は呆《あき》れるほど長いのでな、冒険者をやめたらいつでも二人でこの塔に住めばいい」

「ありがとうございます。その時が来たら、カーマインと相談しますね」

「？　俺はお前と一緒ならどこでもいいぜ？」

「カーマイン……」

「ふふ、睦《むつ》まじい事だな。また遊びにおいで」

こうして、俺たちは聖龍様への挨拶《あいさつ》を終えた。

塔の門番たちにも挨拶をして、俺たちは塔の向かいにある宿屋へと戻る。

俺が塔から出てくるのを待つために、カーマインがしょっちゅう借りていた部屋。

少々相場よりはお高くて、それに相応《ふさわ》しい内装と大きなベッドがあるその部屋を、俺たちは今でも借りていた。

ダンジョンに潜っている以外は空いていれば必ずその部屋を取るのは、カーマインがすっかり慣れて居心地《いごこち》がいいと言うからでもあるし、俺も密《ひそ》かに嬉しいからだ。

魔道具でコーヒーを淹《い》れて振り返ると、案の定カーマインは窓辺に座って、窓の外を眺めていた。

窓の外には大きく塔が見える。そして、沈みゆく夕陽《ゆうひ》と町並みが見えるんだ。

夕陽が沈むこの時間、聖騎士の塔の門はゆっくりと閉まっていく。

カーマインは町にいる時はそれを毎日のように眺めながら「今日も出てこなかった」と落胆していたんだという。今でもなぜか、カーマインはその窓から外を眺めるのが好きだった。

「はい、コーヒー」

「お、サンキュ」

マグカップを受け取って、それでもカーマインはぼんやりと窓の外を眺めている。

窓辺に片膝《かたひざ》を立てて座っているカーマインを近くで見たくて、俺も椅子を持って来てカーマインを眺められる位置に座った。

「カーマインは本当にそこから外を眺めるのが好きだな」

「ははは、もう習慣みたいになっちまってるから」

カーマインは笑うけど、その笑顔はどこか寂しそうだった。

「……お前が戻ってくるまではさ、別に眺めるのは好きじゃなかったよ。来ないって分かってんのにどっかで期待もあって、見ずにはいられなかっただけだ」

「そうか……」

「空が真《ま》っ赤《か》に焼けてきて宵の鐘が鳴って門が閉まると、今日もダメだったなって落ち込んでたんだぜ。いつ帰ってくるのか分かんねぇヤツ待つのって、ホントキツいんだからな」

「……本当にごめん」

「まぁオレが勝手に待ってただけだから別にいいんだけど。でも、今は本当にこの窓からこの時間の景色《けしき》見るの好きかもな」

どんな心境の変化があったのか。気になるけれどなんとなく聞けなくて、俺はただ黙って窓の外を見る。燃えるような夕焼けにいつもの町が染まって見えて、単純に綺麗《きれい》だと思った。

「ライアが戻って来てからもさ、習慣みたいにここに座って……で、気づいたんだよな」

しばらく黙って日が暮れていくのを眺めていたカーマインは、ポツリと呟《つぶや》いた。

「夕焼けも町の見え方も、それまでと全然違うって」

「違う？」

「そ。夕焼けが綺麗だって思ったんだ」

カーマインは俺の方を振り返ってニカッと笑った。

「お前が帰ってくるまではさ、ああ、日が暮れる。今日もダメだった、って思って窓の外見てたんだよ。でもお前が部屋の中に一緒にいてさ、なんの心配もなくなったら……夕陽が綺麗だなとか、人がいっぱい通ってて賑《にぎ》やかだなとか、今日の夕焼けは溶岩みたいだなとか、町まで赤くなってるなとか、意外と暗くなるまであっという間だなとか、色々気づけるようになってさ」

「カーマイン……」

「窓の外の景色見るの、確かに好きになってんのかもな」

「カーマイン……！」

もう、たまらなかった。

「バッ……カ、こんな窓際で抱きつくなって！　後でおっちゃんたちに冷やかされるだろ」

「ごめん、でも」

グイグイとカーマインが俺の体を押す。でも、もう離す気になんてなれなかった。

「あーもう、しょーがねぇな」

ぎゅっと抱き返してくれたから、俺はカーマインの首筋に顔を埋めてちょっと泣いた。窓の外の景色すらも楽しめない、そんな気持ちで毎日毎日俺の事を待っていたというのか。

時々こんな風に思い知らされる。

俺を待っていた間、どれだけカーマインが辛かったのか。

俺が塔から出てきたあの日、カーマインは俺に飛びついて泣きじゃくっていた。ぎゅうぎゅうに抱きしめてくる腕は震えていて、あの日も俺は自分が勝手に離れた事でカーマインがどれほど傷ついたのかと申し訳なさでいっぱいになった。

でも、こうして何かある度に思い知るんだ。

俺が想像してたよりずっとずっと、カーマインの傷は深かったんだって。

ずっと傍にいて思いが通じない辛さを背負っていた俺と、突然目の前から俺が消えてしまっていつ会えるかも分からない辛さを感じていたカーマイン。

どっちがより辛かったかなんて比べられない。

けれど、互いの大切さを知ったからこそ、こんなにも愛《いと》しいんだろう。

しばらくカーマインに抱きしめて貰《もら》ってたら、ようやく俺の気持ちも落ち着いてきた。それでも離れがたくてカーマインの背に回した腕にキュ、と力を込めたら、カーマインが俺の背中をゆっくりと撫《な》でてくれた。

「ちょっとは落ち着いたか？」

「うん……」

「よし、立って。ベッド行こ」

窓辺から離れたかったらしいカーマインに促されて、ベッドへと移動する。ベッドに腰掛けたカーマインが目線で来いって言ってくれるから、俺はそのままカーマインをベッドへと押し倒した。

カーマインは何も言わずに、ただ俺を抱きしめたままでいてくれる。

カーマインと一緒にいられる、好きなだけ抱きついていられるってだけで満足で、その広い胸にほっぺたをくっつけてすりすりと頬擦りした。耳をくっつけてみたらトクン、トクン、と優しい心音が聞こえてものすごく安心できる。

「……はは、やっぱなんかいいよな、こういうの」

小さく笑ってカーマインが俺の頭をゆっくりと撫でた。

「……？」

「いや、そういやさ、お前が塔から出てきたら、言おうと思ってたんだ」

「何……？」

「頭撫でて、ぎゅってして、って」

「カーマイン……！」

照れくさそうにカーマインが笑う。

俺は応《こた》えるように。カーマインの体に巻きつけていた腕に、ぎゅうぎゅうに力を込めた。

「ガキの頃《ころ》はしょっちゅうお前にねだって、ハグして、頭も撫でて貰っただろ？　……オレ、ライアの体温感じてる時が一番満ち足りてて、幸せだったんだなって思い出した」

カーマインも、覚えていたのか。

俺が忘れられない大切な思い出を、カーマインも同じように大切に思ってくれていたのか。

それだけで、俺の心は幸福感で満たされていく。

「だから、こんな風にただ抱き合ってるのもいいなぁって思ってさ。ライアが腕の中にいて穏やかに時間が経《た》つの、めちゃくちゃ幸せだ」

「うん……俺も」

カーマインの胸に、またスリ……と頬《ほお》を寄せる。

込み上げてくる愛しさで、いっそ切ないくらいだ。

俺たちはダンジョンに潜ってる事も多いし、その間は自然と禁欲状態になるものだから、宿に入るとお互いに性欲も高まりきってすぐに相手を求めてしまう。

事後に抱き合って眠る事は多くても、どこかに色を含んだ空気で、こんな風にただ穏やかに抱き合っている事なんてそういえばなかった。

「セックスは気持ちいいしひとつになってる感があっていいけど、オレ、お前抱っこしてるだけでも充分幸せみたいだ」

「俺もちょうど今そう思ってた。お前と一緒にいられる事が一番の幸福なんだなって」

「ライア……」

「カーマイン……」

抱き合って、互いの存在をただ感じ合う。

俺もカーマインも、約束の言葉は交わさなかった。

きっと俺たちはもう、約束なんてしなくても、共にある未来を信じられるからだろう。

終

番外編【ライア視点】始まりの日

カーマインが孤児院にやってきたのは、俺よりも一ヶ月くらい後のことだった。

俺の時と同じように晩飯の祈りの前に皆に紹介されたんだけど、俺と違ってたのはカーマインがグズグズに泣いていた事だ。目は真《ま》っ赤《か》で瞼《まぶた》も腫《は》れ上《あ》がってて、鼻水も盛大に垂れてる。こんなんじゃメシも食えないだろう。

「ライア、カーマインのご両親も冒険者で、依頼任務の最中に命を落とされたそうだ。君たちは年も境遇も同じだからね、ライアが面倒を見てあげなさい」

「……はい」

神父様の言葉に、俺はしぶしぶ頷《うなず》いた。

ひとりっ子だから兄弟の世話なんてした事がない。マジかよ、とは思ったけど、一ヶ月前には俺だって俺の前に入ったユアンに色々教えて貰《もら》ったしな。

ユアンはつっけんどんなヤツだけど、そもそも覚えないといけない事なんてそんなにたくさんあるわけじゃないし、必要な事はちゃんと教えてくれた。たぶん俺だって孤児院で守る約束事くらいは同じように教えてやれる。

食べる前には祈りを捧《ささ》げるんだって教えようと思ったけど、俺の隣の席に座ったカーマインは、そのうち目が溶けちゃうんじゃないかってくらい泣いてた。

なんて声をかけていいか分からない。

神父さんの方を見たら、そっとしておいてあげなさい、という顔をされた。しばらく放っといて俺もメシを食ったけど、俺が食い終わっても全然泣きやもうとしない。

さすがに心配になってきた。

「泣くなよ。メシ、食えないだろ……？」

カーマインの元気が出るような事なんか思いつかなくてポツリとそんな事だけ言ってみたけど、そんなんで泣きやむわけもない。

結局はメシも食わずに泣いていて、そのまま引っ張って行った寝床でもずっと泣いてる。よくそんだけ涙も鼻水も出るもんだ。持ってたタオルはもうぐちょぐちょで、俺は替えのタオルを用意してやる羽目になった。

グス、グス、ヒック、とひっきりなしに隣から聞こえてきて、なんかこっちまで胸のあたりがきゅってなって眠れやしない。

バカみたいだ、と思った。

泣いたって喚《わめ》いたって父さんも母さんも二度と帰ってこないのに。泣いて二人が帰ってくるなら、俺だって体中の水がなくなるまでだって泣くに決まってる。でも、そうじゃないから。

「お前、いい加減泣きやめよ」

「……っ、だ……って、今朝まで、げんき、だったのに」

なんにも言えなくなった。

まさか、今日親が死んだばっかりだなんて思ってなかった。

それは泣く。

俺だって、最初は帰ってくるって言った日に父さんも母さんも全然帰ってこなくて、そのうち食うもんもなくなってきて寂しくて心細くて、前に連れて行って貰ったことがあるギルドってとこに行ってみたら、二人が死んだって聞かされたんだ。

それからず―――っと家で泣いてて、気がついたら三日くらい経《た》ってた。

カーマインがずっと泣いてるのは当たり前だ。

バカだと思ってごめん、カーマイン。

勝手に心の中で謝ってたら、カーマインはグスグス泣きながら、ポツリポツリと話してくれるようになった。

「父ちゃんも母ちゃんも死んじゃったって……もうどんだけ待っても帰ってこない、絶対に会えないって、ガーファが言うから……」

「ガーファって、今日お前をここに連れてきた人？」

「うん……」

カーマインの手を引いて孤児院に来たムキムキの怖そうな男を思い出す。そいつも包帯をあっちにもこっちにもたくさん巻いてて、血が滲《にじ》んでた。カーマインの父さんや母さんが死んだ時、もしかしたら一緒にいたのかも知れない。

「父ちゃんも母ちゃんももう帰ってこないって……オレ、なんか悪い事したの？」

ギュ、って心臓が握りつぶされるような気持ちになった。

「悪い事なんか、してないよ」

自分にも、言い聞かせるように言う。

「俺もお前も、俺たちの父さん、母さんたちも、なんにも悪い事なんかしてない」

そうだ、誰《だれ》も悪くない。それでも、悲しい事は起こるんだ。

「じゃあ、なんで」

「誰もなんにも悪い事してなくっても死ぬ時は死ぬんだ」

「ホントに？」

「絶対にそうだ。お前も、お前の父さんや母さんも、悪い事なんかしてない」

「そ、っか……」

それは、自分にも毎日のように言い聞かせていた言葉だった。

ここに来るまでの間、俺だって色々考えた。

何が悪かったのかとか、どうしたら父さんや母さんは死ななかったのかとか……いっぱい考えたけど、結局俺にできる事なんてなかった。毎日、ただ普通に暮らしてただけ。あの日母さんたちが出かけるまでは変わった事なんて何もなかったんだから。

きっと、誰も悪くなんてないんだ。

「なぁお前、どうしたら泣きやむの？　なんかして欲しいこと、ある？」

もうこいつの悲しい顔を見たくなくて声をかけたら、思いもかけない言葉が返ってくる。

「……頭、なでて」

「……」

人に触ったり触られたりはできるだけしちゃダメって母さんに言われてた俺は、思わずうっ……と身構えた。そんな俺を、カーマインの目がまっすぐに見上げてくる。

初めて見たカーマインの瞳《ひとみ》は、髪の色に負けないくらい真っ赤だった。

「父ちゃんも母ちゃんも、帰ってきたらいっつもいっぱい頭なでて、ぎゅーってしてくれたんだ。頭なでて、ぎゅーってして欲しい」

「……」

こいつはまだ恵まれてたんだな。そう思った。なでて、ぎゅってして、なんて言うんだから、他の人間が怖いなんて思ってないんだろう。親が死んだ報《しら》せもすぐに入ったみたいだし、親の友人だか冒険者仲間だか知らねぇが、ガーファって男はこいつを放ったらかす事なく、いたぶる事もせず、すぐにこの孤児院に連れてきてくれたわけだ。

俺の時よりずっとずっと、ちゃんとしてる。

俺の時は、母さんたちが死んだって誰も教えに来てくれなかったし、腹が減ってたまんなくなって町に出たら、知らない男が優しく話しかけてきてくれたけど、べたべた体を触ろうとしてきたから、悪いヤツだってすぐ分かった。

母さんが言ってたんだ。

優しくしてくれる人でもべたべた体を触ってくるような人は『悪い人』だから、逃げなきゃダメだって。

だから俺、腕に思いっきり噛《か》みついてやったんだ。そしたら振り払われて転がって。すっごく痛かったけど走って逃げた。気がついたら自分がどこにいるのか、どう行けば家に帰れるのかなんてもう分からなくなってた。

途方にくれて路地裏でメソメソ泣いて……腹が減ってたまんなくなって、美味しい匂《にお》いがする店に入ったらパンがあって、食べようとしたら怒られた。丸太みたいなぶっとい腕のおっさんが俺をとっ捕まえてこの孤児院に連れてきたんだ。

怖かったし、悲しかった。

世の中の全部が怖くて、敵みたいに思えた。

「悲しいの？」

小さな声が聞こえたと思ったら、急にぎゅうっと抱きしめられた。

目の前の赤いのが、俺を一生懸命にぎゅうぎゅう抱きしめてる。カーマインの腕はあったかくて、ぷにぷにしてて、柔らかかった。

あっけに取られてそのまま見つめてたら、カーマインが俺を見上げて、今度は頭に手を伸ばしてくる。

「えっと、いいこ」

いいこいいこされた。

「な、なんで」

「だって……えーと……ごめん、名前」

「ライア」

「ライア、悲しそうだった」

もう一回ぎゅうっと俺を抱きしめて、カーマインが「だいじょうぶ？」って聞いてくる。

大丈夫なわけがない。

だって、胸のあたりがなんかすごくキュッてする。

でも、鼻水垂らして泣いてる、父さんと母さんを今日亡くしたばっかりのヤツに、そうは言えなかった。

「だい、じょうぶ……」

言った途端。

「良かった！」

そう言って、カーマインはニカッて音がするかと思うくらいに笑ったんだ。

まだ顔も目も真《ま》っ赤《か》なくせに。

ほっぺたには涙の跡がたくさんついてるくせに。

鼻水だってピカピカしてるくせに。

まるで、さっきまで泣いてた事も忘れたのかっていうくらい、嬉《うれ》しそうな笑顔だった。

「大丈夫なら、オレもなでて」

カーマインが目を閉じて頭を差し出してくる。俺はぎこちなく、その赤い頭を撫《な》でてみた。

ふわふわする。

人の頭なんて撫でた事なかったけど、不思議とイヤな気はしない。さっきカーマインが撫でてくれたのを思い出しながらとりあえずふわふわの髪を撫でていた。

でも。

……困った。やめ時が分からない。

そのうちグスッ、グスッと洟をすする音がカーマインからしだして、せっかく泣きやんだのに、また涙が出てきちゃったんだな、と思った。

泣きやませようと思ったのにな、逆に泣かせてしまった。

「……ぎゅってして」

なんてこった。さらに追加の要求がきた。

でも、カーマインの声が湿ってるから、俺は断る事もできない。

父さんでも母さんでもない人に抱きつくなんてした事ないけど……頑張ってみるか。

そう思って、そっとカーマインの細い体を両腕で包んで、ぎゅっと力を込めた。俺よりも背が低くて、腕も肩も頼りない。カーマインと俺、年は同じだって神父様は言ってたけど、カーマインはなんだか俺よりももっと幼く思えた。

「もっといっぱい、ぎゅってして」

ええ……？　泣いてるくせに、要求が多い。

仕方なく、もっと力を入れてぎゅうっと抱きしめたら、カーマインも抱きついてきた。

「……へへ。とくん、とくん、って聞こえる。オレ、この音好き」

ああ、心臓の音か。確かに聞こえる。

心臓の音とか、あったかい体温とか、意外と落ち着くんだって俺はこの時初めて知った。

どれくらいそうしてカーマインを『ぎゅってして』たのか、やっとカーマインが顔を上げる。

「ありがと」

「……別に」

「ライア、いいヤツだな。えっと、ライアも寂しくなったら言えよな。オレがいつでもぎゅってしてやるから」

グスッと洟をすすりながら、カーマインが俺をさらにぎゅっと抱きしめた。

……俺は別に、ぎゅってして欲しいわけじゃないんだけど。だって。

「勝手にべたべた触ってくるヤツは悪いヤツだから、近づいちゃダメだって母さんが言ってた」

そしたらカーマインが俺をまっすぐに見上げて、さっきみたいにニカッと笑った。

「じゃあ、オレが悪いヤツから守ってやるよ」

バカ、お前の事だよ、触りまくりじゃねぇかと思ったけど、泣きすぎて真っ赤になった目のまま俺を一生懸命に見上げてくるカーマインは、どう見ても悪いヤツじゃなさそうだ。

「しょうがねぇなぁ」

「な、なんでそんな顔するんだよ。オレ、父ちゃんみたいなカッコいい剣士になるんだから、ライアだってちゃんと守ってやれる」

頭なでて、一緒に寝て、なんておねだりする泣き虫の甘えん坊が何言ってんだ、とは思う。

でも、カーマインがあんまり一生懸命な顔してるから俺はなんにも言えなくて、困ったなぁって思いながら笑った。

「じゃあ、ぎゅってするのはしなくていいから、困ったら助けてくれよな」

「うん、助ける！」

そう言ったくせに、カーマインはもっとぎゅうぎゅうに力を入れて俺を抱きしめてきた。

ぎゅっとは、しなくていいって言ってるんだけどな……。

そう思いながらも、久しぶりに感じる人肌の温かさと柔らかさが母さんたちを思い出させて、結局振り払う事はできなかった。

そのうち、カーマインのぽかぽかした体があったかくって、なんだか気持ちよくって、久しぶりに幸せな気持ちになってしまった。

思えばこの時から、俺はカーマインに心を許していたのかも知れなかった。

終

あとがき

はじめまして、竜也《たつや》りくと申します。

この度は「聖騎士の塔」を手に取っていただき、ありがとうございました。

皆様に楽しんでいただけるだろうか……と実はかなりドキドキしております。


この作品は冒頭のライアとカーマインの会話と、傷心のライアが高い高い塔を見つめて決心を固めているイメージがふと浮かんだことから生まれました。

諦《あきら》めたいけれど諦められない、そんな葛藤《かっとう》を抱えて塔を見上げる切なさが表現できればいいな、と思って書き進めていましたが、不思議と書いているうちに喜怒哀楽がはっきりしているカーマインの心情の方が分かりやすくて、書きやすくなっていったのが印象的でした。

私はサブキャラ好きなので、聖龍様やサクたち、門番のおっちゃんたちなど『聖騎士の塔』のメンバーも、書いていてとても楽しかったですね。

実は心情を書くのが一番難しかったのは、ライアだったかも知れません。

作中ではライアとカーマインの視点が交互に出てくるのですが、書き上げた今になって振り返ると、ライアはどうしても変えられない自分の心に悩み迷う苦しさを抱えていて、カーマインは逆に心境の変化を感じて戸惑う……という対比があったように思います。
　もともとはWEBで連載していたものなのですが、今回思いがけず書籍化のお話をいただいて大幅に加筆したため、二人が共に過ごしてきた時期の小さなエピソードを色々と盛り込むことができて、書くごとに作者である私も二人の輪郭がよりはっきりと見えてきました。
　特に二人が出会った日の事は、いつか書きたいと思っていたお話だったので、今回書き下ろす事ができて、なんだかとても嬉《うれ》しかったです。
　長い時をかけて幸せになる二人を、書籍として、しかも秋吉《あきよし》しま先生の美しいイラストまでいただいて世に出すことができて感無量です。

　今回このようなチャンスをくださった角川ルビー文庫様、BL初チャレンジで勝手が分からずおろおろする私を導いてくださった優しい編集様、数々の美麗イラストを描き上げてライアとカーマインに命を吹き込んでくださった秋吉しま先生、そしてなによりも今この本を読んでくださっている読者の皆様方、本当に本当に、心より感謝申し上げます。

　願わくば、またお会いできますように。

竜也りく

Ruby collection

聖《せい》騎《き》士《し》の塔《とう》

2023年3月1日　初版発行

著者　竜也りく
©Riku Tatsuya 2023

発行者　山下直久

発行　株式会社KADOKAWA
〒102-8177
東京都千代田区富士見2-13-3
電話：0570-002-301（ナビダイヤル）
https://www.kadokawa.co.jp/

印刷所　株式会社暁印刷

製本所　本間製本株式会社

デザインフォーマット　内川たくや（UCHIKAWADESIGN Inc.）

イラスト　秋吉しま

初出：本作品は「ムーンライトノベルズ」（https://mnlt.syosetu.com/）
掲載の作品を加筆修正したものです。

本書の無断複製（コピー、スキャン、デジタル化等）並びに無断複製物の譲渡及び配信は、著作権法上での例外を除き禁じられています。また、本書を代行業者などの第三者に依頼して複製する行為は、たとえ個人や家庭内での利用であっても一切認められておりません。定価はカバーに表示してあります。

●お問い合わせ
https://www.kadokawa.co.jp/（「商品お問い合わせ」へお進みください）
※内容によっては、お答えできない場合があります。
※サポートは日本国内のみとさせていただきます。
※Japanese text only

ISBN：978-4-04-113464-1　C0093　Printed in Japan

KADOKAWA